도반

도반 2

2판 1쇄 2005년 4월 7일

지은이 원성
그린이 원성
펴낸이 김제구

펴낸곳 리즈앤북
등록번호 제22-741호
등록일자 2002년 11월 15일

주소 121-842 서울시 마포구 서교동 482-38
전화 02)332-4037
팩스 02)332-4031

Copyright ⓒ 2005, 원성

ISBN 89-90522-32-3 03810

이 책에 대한 무단 전재 및 복제를 금합니다.
잘못된 책은 구입하신 서점에서 바꿔 드립니다.

동반

원성 소설 · 그림

마음 문을 열고 무르익어 가는 사람들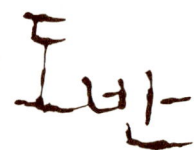

   오늘도 하늘에는 무수히 많은 별들이 변함없이 빛을 발하고 있다. 아직도 밤하늘의 별을 바라보고 있으면 문득 십 삼 년 전, 온몸으로 쏟아지는 별과 함께 무한의 삼매 속에 빠져들던 그 시절로 되돌아 가는 느낌이다. 규율이나 생활이 군대보다도 더 엄격하고 힘이 들다던 해인사 강원에 방부를 들여 본격적인 불교 공부를 시작했던 것은 내 나이 열 여덟 살이 되던 해였다.
   그 때는 당장 출가만 하면 가없는 깨달음이나 큰 지혜로움, 해탈과 같은 이상들을 곧 만날 것 같은 철없는 생각으로 가득 차 있었다. 또 먹물옷을 입은 것만으로도 깊은 도를 깨우친 고승이 된 듯한 우쭐한 자부심으로 나만의 아상我相이 가득한 때였다.
   전국 각지에서 모여든 눈 맑은 스님들과 함께 시작된 강원의 대중생활. 하루 일과라고 해봐야 예불과 경공부 그리고 공양과 울력 등이 전부인 단순한 일상이었지만 말처럼 그리 쉬운 것만은 아니었다. 이른 새벽 도량석 목탁 소리에 고된 잠을 깨면서 시작되는 하루는 자로 잰듯 한치의 오차도 없는 일과를 시계 바늘처럼 정확하게 맞추어야 했다. 무엇보다 선배 스님들에게 수없는 경책과 참회를 받으며 하루하루를 보내야 했던 나날들이 가장 힘들었던 기억으로 남아 있다. 그것은 나의 오만함과 미혹됨을 깎아내기 위해서 반드시 거쳐야 할 고통이었는지도 모른다. 그 속에서 내 스스로도 인정하고 싶지 않았던 한없이 어리석고, 욕심에 가득 찬 나 자신을 발견할 수 있었고 그런 발견과 함께 조금씩 변화되어 가는 스스로를 느낄 수 있었다.

한낱 돌덩어리에 불과한 다이아몬드 원석이 오랜 연마 끝에 찬연한 빛을 발하듯 돌이켜 보면 고된 강원생활 속에서 의식의 지평을 끝없이 확장시킬 수 있었던 것은 서로의 부족함이 드러날 때마다 거침없이 탁마琢磨를 해주던 도반이 있어 가능했다. 강원에서의 대중생활이 곧 참 자유인이 되기 위한 수행의 첫 발걸음이라는 사실을 알기까지에는 꽤 오랜 시간이 걸렸다. 자기를 낮추고 깊은 믿음의 싹을 키워가며 부처님의 가르침을 배웠던 그 시절의 체험들은 지금까지도 내 인생의 살아있는 교훈으로 올바른 삶의 길을 열어 주고 있다. 늘 부족하고 모자라는 내 자신을 돌이켜 보는 습관과 촌음을 아끼며 살아가는 생활 수칙은 그 당시부터 뿌리 내린 삶의 자세가 아닌가 싶다.

'도반'은 나의 강원생활 시절의 경험을 바탕으로 쓴 소설이다. 이 소설은 갓 출가한 스님들이 강원에 들어와 한 해 한 해 먹물을 들여가며 대중 속에 살아가는 이야기를 다루고 있다. 내 경험들이 상당 부분 담겨 있지만 모든 소설이 그러하듯 '도반'에 나오는 이야기 역시 사실에 근거한 허구임을 미리 밝힌다. 등장 인물들도 당시 내 도반 스님들의 성향을 반영했을 뿐 실존 인물은 아니다. 사교반 시절 가을녘, 건강상의 이유로 삼 년만에 강원을 나와야 했지만 그 시절을 돌이켜 보면 제일 고생스러웠던 치문반 시절이 가장 기억에 남는다.

이 이야기의 끝은 주인공이 강원을 졸업할 때까지로 이어질 것이다. 앞으로 이야기가 전개되면서 수행을 통해 변화되어 가는 등장 인물들을 보게 될 것이다. 그 인물들을 도반 삼아 이 책을 읽는 모든 이들도 마음 문을 열고 무르익어 가는 사람이 되길 소망한다.

'풍경' 과 '거울' 그리고 '원동이' 에 들어간 그림들은 책이 나오기 앞서 과거 전시회에서 발표된 그림들인데 반해 이번 '도반' 에 나오는 삽화는 이 소설을 위해서 준비한 그림들이다.
정성을 쏟으며 100여 편의 삽화들을 그리는 동안 내내 그림을 통해 독자들이 등장 인물들을 더 깊이 이해하게 되기를 바라는 마음뿐이었다.
그동안 즐겨 사용하던 먹과 화선지를 접고 도화지에 연필로 밑그림을 그리고 수채물감으로 색을 입히는 작업은 내 그림 세계에 변화를 가져다 주기도 했다.

밤이 깊어갈수록 별빛이 유난히 반짝거린다. 지금쯤 전국 방방곡곡에 흩어져 수행의 깊이를 더해가고 있을 나의 도반 스님의 해맑은 얼굴들이 별빛 속에 영롱하게 빛나고 있다. 언젠가 그들을 다시 만나게 될 때면 밤 새워 그 시절의 아름다운 추억을 회상할 것이다. 그리고 나에게 더없이 소중한 기억들을 심어준 나의 도반들에게 슬그머니 이 책을 꺼내어 선사할 것이다. 그리하여 도반이 책을 읽는 동안 나는 조용히 방을 빠져 나와 도반의 양말과 고무신을 깨끗이 빨아주고 싶다. 나의 소중한 도반을 위해.

그동안 그림과 글을 쓸 수 있도록 아낌없는 관심과 격려를 보내주신 여러분들에게 진심으로 감사드리며, 깊이 정이 든 원동회 가족과 도반 스님들 그리고 묵묵히 뒷바라지를 해주시는 은사 스님과 부모님께 이 책이 마음의 선물이 되었으면 한다.

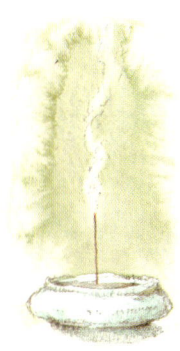

―향운당에서 향을 사르며 원성 합장.

차례

봄 산행 · 11

도서관에서 · 25

혜솔 스님 · 35

그리운 어머니 · 47

발우공양 · 69

너무나 아름다운 그녀 · 89

대경 스님과 연화심 보살 · 103

단오절 체육대회 · 115

꽃에 얽힌 사연 · 137

대중공사 · 149

도반 · 165

여름날의 이야기 · 185

용맹정진 · 203

노스님의 열반 · 221

떠나는 길 · 235

봄 산행

나는 산을 보고 듣고 마신다. 나무 가지 사이로 따스하게 쏟아지는 햇살, 귀를 맑게 하는 계곡의 물소리, 여기저기서 들려오는 산새들의 노래 소리, 솔 향기, 들풀 내음. 자연 속으로 내달려 가는 스님들은 그대로 자연이 된다.

정상에 서니 웅장하고 아름다운 자연의 풍모에 숨이 멎어 버릴 것 같다. 말로는 형용할 수 없는 어떤 신비감이 목까지 차 올랐다. 바람에 실려 흘러온 구름이 온몸을 휘감아 차디찬 물보라를 맞는 기분이 들기도 하고, 딛고 서 있는 땅도 어느덧 사라져 허공에 떠 있는 것 같다. 말 그대로 구름으로 빚은 천상의 계단을 딛고 하늘 나라에 온 듯했다. 이런 곳이라면 돌처럼 굳은 채로 몇 겁이 흐른다 해도 삶의 미련이 없을 것만 같다.

드디어 고대하던 봄 산행 날이다. 새벽 예불을 마치고 우리 치문반 스님들은 서둘러 공양간으로 모였다. 점심 때 먹을 김밥 준비를 해야 했기 때문이다. 단무지와 시금치, 색깔을 내려고 살짝 데친 당근 정도만 들어간 김밥이지만 그 작업이 만만치 않았다. 강원 전 대중이 먹으려면 백 오십 줄이 넘는 김밥을 말아야 했다.

지문 스님, 무량 스님, 광진 스님은 김밥 마는 데 소질이 없다며 일찌감치 한쪽 구석에 자리를 잡고 앉아 있었다. 얌전히 앉아 있기만 했다면 그것까지는 탓할 생각이 없었다. 그런데 가뜩이나 모자라는 단무지를 낼름낼름 주위 먹는가 하면 다 말아 놓은 김밥을 주섬주섬 소매에 감추어 도망가는 스님들 때문에 김밥 마는 시간이 한없이 늘어지고 있었다.

무량 스님이 김밥 한 줄을 슬쩍하다가 뚱보 각인 스님의 눈과 마주쳤다.

"무량 스님, 체통 좀 지켜유. 그렇게 자꾸 가져가면 워떡혀유."

대경 스님도 각인 스님의 지청구에 가세하고 나섰다.

"아예 광진 스님처럼 저 구석에서 자든가 하세요. 해도 해도 너무 하네."

무량 스님은 능글맞게 웃으며 변명을 했다.

"식탐이 끊이질 않는 아귀 귀신이 들렸나…"

이 말에 각인 스님이 노골적으로 무량 스님을 흘겨보며 볼멘 소리를 했다.

"에구, 저 봐유. 세 줄이나 가져 갔시유. 인간도 아녀…, 인간도…"

"아따! 그거 쪼금 먹었다고 되게들 시끄럽네. 하나도 맛도 없구만…. 안 먹으면 될 거 아냐."

"내참! 그만큼 잡쉈으면 됐지 더 잡숫고 싶은 거예유?"
이런 와중에 노익장 지문 스님까지 김밥 한 개를 집어들었다.
"스님. 이 끄트머리는 먹어도 되지라잉?"
"김밥 옆구리 터지는 소리하고 있네유. 꽁댕이도 담아야 하니께 그렇게 자꾸 입에 넣지 말아유. 누구는 안 먹고 싶어서 이러남유."
각인 스님의 편잔을 듣자 우리 반 좌차 일 순위의 지문 스님은 자격지심이 들었는지 대뜸 반격을 가했다.
"각인 스님. 잔소리 하느라 침이 김밥 위로 막 튄다…."
"얼씨구! 지문 스님이나 입 주위의 침이나 닦으셔유. 내 침은 로얄 젤리나 마찬가지라 쫌 들어가도 다 약이 되니께유, 걱정 말아유."
궁지에 몰린 지문 스님이 각인 스님의 말에 입을 실룩샐룩하며 화제를 돌렸다.
"와아, 선운 스님은 정말 단단하게 잘 싸신다. 역시 좋은 대학 나온 사람은 뭐가 틀려도 틀리다니까."
"김밥이라는 게 원래 맛있는 거지라. 못생겨도 맛있당께요."
못 생겨도 맛있다는 말에 힘을 받았는지 월봉 스님이 남들보다 두 배는 두터운 김밥을 내밀었다.
"킁…, 킁…. 내가 싼 게 더 두툼하고 맛있게 생겼구마. 보이소."
한쪽 구석에서 졸고 있던 광진 스님이 소란한 틈을 비집고 들어왔다.
"앗따, 잠 좀 잘라카이 와이래 시끄럽노? 그라고 월봉 시님. 지금 그걸 김밥이라고 쌌능교? 희한하게 쌌데이. 누가 묵게 될지 모르겠지만 그거 먹다가 입 찢어지뿌리겠다."

 대중이 모여 살 때 좋은 점은 무슨 일이든 일사천리로 신속하게 끝마무리가 잘 이루어진다는 것이다. 시간 가는 줄 모르고 이야기하는 가운데 어느새 창 밖에는 동이 터 올랐다. 웃음소리가 몇 번씩 공양간을 뒤흔들어 놓는 화기애애한 분위기 속에서 김밥 울력이 끝났다.

 오전 7시. 평범한 속세 사람들이라면 막 잠자리를 털고 일어날 시간이지만 산중의 대가람에서는 대낮이나 마찬가지다. 산행에 들뜬 스님들이 오이 하나, 당근 둘, 김밥 도시락을 바랑에 챙겨 넣고 노란 밀대 모자에 목수건까지 단단히 준비를 해가지고 모두들 법당 앞마당에 운집했다. 산행을 떠나기 전 갖는 산행 승단의 발대식 때문이다. 강주스님의 당부 말씀을 끝으로 발대식이 끝나자 각 반별로 일제히 동서남북으로 갈라져 산행을 떠났다.

 생명의 기지개를 펴는 듯한 산은 우리 곁에 한결같은 모습으로 있을 테지만 오늘따라 더없이 싱그러운 빛을 발하는 듯 하다. 심산유곡 기암절벽을 따라 줄줄이 산행하는 스님들의 발걸음은 마치 날쌘 다람쥐들처럼 빠르기도 하다. 나는 산을 보고 듣고 마신다. 나무 가지 사이로 따스하게 쏟아지는 햇살, 귀를 맑게 하는 계곡의 물소리, 여기저기서 들려오는 산새들의 노래 소리, 솔 향기, 들풀 내음. 자연 속으로 내달려 가는 스님들은 그대로 자연이 된다.

성철 큰스님의 말씀처럼 산은 산이요, 물은 물이다. 산행을 가는 스님들 모두 이대로 산이 되고 물이 된다. 산행도 수행의 연장선상이라고 생각하니 발걸음이 한결 가벼워지는 느낌이다.

우리 반 스님들은 단숨에 청화산 봉우리에 도달했다. 몇 개의 산봉우리를 넘었는지 기억도 나지 않는다. 그저 바람처럼 물처럼 거침없이 내달아 도달해 보니 어느덧 산봉우리였다.

정상에 서니 웅장하고 아름다운 자연의 풍모에 숨이 멎어 버릴 것 같다. 말로는 형용할 수 없는 어떤 신비감이 목까지 차 올랐다. 바람에 실려 흘러온 구름이 온몸을 휘감아 차디찬 물보라를 맞는 기분이 들기도 하고, 딛고 서 있는 땅도 어느덧 사라져 허공에 떠 있는 것 같다. 말 그대로 구름으로 빚은 천상의 계단을 딛고 하늘 나라에 온 듯했다. 이런 곳이라면 돌처럼 굳은 채로 몇 겁이 흐른다 해도 삶의 미련이 없을 것만 같다.

저마다 장엄한 산세의 풍광에 젖어 있는 가운데 갑자기 광진 스님이 고요한 정적을 깨고 맞은편 산을 향해 '야호' 하며 함성을 질렀다. 그러자 누구랄 것도 없이 스님들 모두 한 목소리로 입을 모아 고함을 질렀다. 그런 스님들 모습을 보니 천진난만한 아이들과 다를 바가 없어 보였다. 이렇게 스님들이 일제히 환호작약하는 연유가 꼭 산행의 즐거움 때문만은 아닌 듯 싶다. 산중에서 살아가는 동안 쌓이고 쌓인 마음의 갈등을 한 순간 고함을 통해 털어 버리려는 몸짓이 아니었을까. 아무런 욕심도 없고 바람도 없이 오직 되돌아오는 메아리를 기다리며 소리 지르는 아이 같은 모습들. 이렇게 천진난만한 부처가 또 어디 있겠는가.

우리 반 스님들은 산봉우리에서 즐거운 한 때를 보내고 산중턱 한적한 계곡에 둘러앉아 준비해 온 도시락을 먹었다. 여기저기 옹기종기 바위에 앉아 계곡의 흐르는 물을 떠 목을 축이며 먹는 김밥은 정말 꿀맛이었다. 그 어떤 산해진미가 우리가 만든 김밥보다 맛이 있겠는가.

점심 공양이 끝나자 우리 스님들은 그늘 아래에서 배를 어루만지며 살랑살랑 불어오는 바람에 몸을 씻었다. 그야말로 이보다 더 좋을 수는 없었다. 부처님 말씀에 '내 마음이 곧 극락이고 지옥이라' 했던가. 바로 여기가 극락이었다.

그런데 자연의 소리뿐인 극락의 고요한 순간을 광진 스님이 가르고 나섰다.

"자아, 여러분. 오랜만에 산에 올랐으니 우리 돌아가민서 노래 경연이나 하입시데이."

"저 스님이 유치하게 노래는 무슨…."

지문 스님이 시큰둥한 반응을 보였다. 그러나 그런 반응에 아랑곳할 광진 스님이 아니었다.

"마, 이분에 새로 방부 들인 시님들부터 차례대로 하입시데이. 먼저

혜솔 시님! 모두 박수! 박수, 박수…!"

우리는 슬그머니 광진 스님을 따라 가깝게 원을 그리며 모여 앉았다. 그리고는 호명을 받은 혜솔 스님의 당황해 하는 표정을 재미 삼아 모두들 박수를 계속 쳤다. 혜솔 스님이 마지못한 듯 자리를 털고 일어섰다.

"저, 저예…. 으응…. 저, 요즘 노래…, 잘 모르는데예. 아, 맞다! 요즘 노래 한 개 아는 기 있어예."

"마, 아무끼나 불러 보소. 요즘 노래 안다카이 요즘 노래 부리든가…."

"예. 그럼…. 해 저어문~ 소~양강에 황~혼이 지~면 외로~운 갈대밭~에 슬피 우는 두견새야~."

소양강 처녀를 요즘 노래라고 생각하는 혜솔 스님이 노래를 부르자 일제히 박장대소를 하며 박수 장단을 쳐주었다. 각인 스님과 광진 스님은 후미에 '새야 새야, 새야 새야 새야'라는 코러스까지 넣어주며 분위기를 돋구었다. 혜솔 스님의 노래가 끝나자 광진 스님은 자연스럽게 걸쭉한 경상도 사투리를 구사하며 좌중을 이끌었다. 스님들은 광진 스님의 호명에 따라 번갈아가며 노래를 불렀다. 우리는 지경 스님의 노래 실력에 모두 두 눈이 휘둥그러지고 말았다. 노래와 춤에 관한 한 타의 추종을 불허한다고 간간이 농담 삼아 말하더니 과연 사실이었다. 지경 스님은 외국의 유명 로큰롤 가수 뺨치는 노래로 우리 반스님들의 입을 벌어지게 만들었다.

공부를 잘하는 선운 스님은 멋지게 '향수'라는 시를 낭송해 인상 깊은 여운을 남겼다. 선운 스님은 먼 하늘을 지긋이 바라보며 부드러운 손놀림으로 시를 낭송했다. 그 모습을 보고 있노라니 풍요롭고 여유로운 마음이 한껏 부풀어 오르는 것 같았다.

노래 자랑을 진행하던 광진 스님은 넘치는 끼를 참지 못하고 온몸을 흔들어가며 '아파트'와 '남행열차'를 잇달아 불러 반 스님들의 우레와 같은 박수갈채를 받았다. 학구파에다 보수적인 성격의 진호 스님은 자기 차례가 될 즈음 아예 자리를 떠버렸고 시를 좋아하는 대경 스님은 어디서 배웠는지 단가 '사철가'를 구성지게 뽑아 또다시 우렁찬 박수갈채를 받았다.

각인 스님은 산에서는 뽕짝이 어울린다며 그 통통한 몸을 흔들며 '빈대떡 신사'를 불러 대중들을 폭소의 도가니로 몰아 넣었다.

스님들이 부른 노래 거의가 트롯 일색이라 나는 뭔가 색다른 노래를 해야겠다는 생각이 문득 머리를 스쳤다. 드디어 내 차례가 되었다. 나는 주저하지 않고 일어나 말했다.

"고등학교 합창 시간에 배운 성가를 하나 하겠습니다. 그레고레안 성가인데요. 모두들 두 눈을 감고 감상해 주세요."

"머어? 성가라꼬? 참, 우리 반 시님들 별 걸 다 아네. 좌우지간, 자아~ 박수!"

"아베 마리아 그라치아 플레너~ 오피누스테쿰 베네디타투~ 이인

물리이에리이부스~"

　산 속에서 부르는 성가. 계곡의 물소리와 어울린 나의 목소리는 하늘 위로 고요히 퍼져 오르는 것 같았다. 두 손을 곱게 모아 위아래를 흔들어 박자를 맞추면서 큰 눈을 끔뻑이며 부르는 나의 성가는 환상적인 고음과 아름다운 선율이 한데 어우러져 마치 하늘의 천사들이 영광된 축복을 찬양하는 노래 같았다. 성가의 절정 부분에서는 두 손을 가슴에 모아 몸을 바르르 떨며 감동의 물결을 일으키고는 고요히 끝을 맺었다. 노래를 마치자 스님들은 손뼉 치는 것도 잊고 멍하니 나를 바라보고 있었다. 너무 감동을 받은 것일까. 순간, 내가 왜 그 많은 노래들 중에 성가를 선택했을까 하는 후회가 일었다. 고조되었던 분위기를 내가 깨버린 듯한 느낌을 지울 수 없었다.

　그런데 광진 스님이 미소를 지으며 천천히 박수를 치기 시작했다. 그러자 다른 스님들도 퍼뜩 정신을 차린 듯 박수를 쳐 주었다.

"야아, 그렇게 에러븐 노래를 다 기억하나? 킁, 다 영어구만…."
"이태리어인 것 같은디유…."
　각인 스님은 월봉 스님보다 한 술 더 떴다.
"나는 불란서 말인 줄 알았네. 킁…, 킁. 그기 영화배우 그레고리 팩이 부른건교?"

광진 스님이 월봉 스님의 말을 가로막았다.

"아, 그레고레안 성가라 안카요. 그나저나 지원 스님도 목청이 꽤 좋네. 하하하…, 참말로 잘한데이."

광진 스님은 우락부락한 성격에 비해 심성이 따뜻하고 의외로 여린 구석도 많았다. 특히 의리 하나는 세상에서 둘째 가라면 서러워할 정도였다. 나 때문에 어색해진 분위기를 수습하기 위해 코믹하게 좌중을 리드하는 것도 어쩌면 함께 총림사에 첫발을 내디딘 도반으로서의 의리 때문일 게다.

우리들의 노래는 하산하는 길에서도 계속 이어졌다. 평소 절 집에서 부르지 못했던 노래들을 전부 쏟아내려는 것일까. 마치 소풍 나온 어린아이들처럼 누가 시키지 않아도 자연스럽게 어우러져 노래를 불렀다. 진도 아리랑, 과수원 길, 저 푸른 초원 위에…. 민요와 동요, 트롯이 뒤섞인 노래 장단에 발 맞추어 산을 내려오는 것이 너무도 흥겹고 재미있었다.

아, 얼마 만인가, 대중 생활의 빈틈없는 일과에서 잠시 벗어나 마음껏 소리치며 노래 부르는 이 자유로움…. 그렇다! 이렇게 오늘 하루의 자유가 소중하게 느껴지는 것은 아마도 인욕과 정진의 수행이 그동안 속세에서 누려 왔던 방종된 자유를 새삼 되돌아보게 하고 그것을 통해 자유의 참 의미를 깨달았기 때문일 것이다.

도서관에서

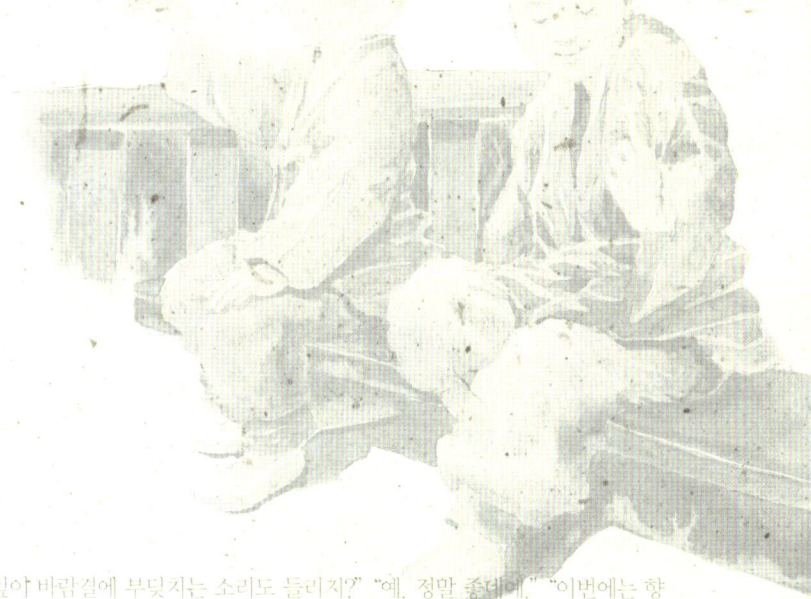

"나뭇잎이 바람결에 부딪치는 소리도 들리지?" "예, 정말 좋데에." "이번에는 향기를 맡아봐. 산의 향기…, 풀의 향기…, 소나무 향기…." "아, 꽃향기도… 날아오는 것 같아예." "더 깊이 호흡을 해봐. 천천히. 구수한 흙 내음…, 맑은 공기 내음…, 시원한 물 내음…." "스님, 너무 신기해예."

굳이 해솔 스님이 가진 눈물의 의미와 슬픔의 의미를 들여다보고 싶지는 않았다. 어쩌면 눈물은 스스로를 지탱하고 견디게 하는 자기 치유의 묘약인지도 모른다. 눈물은 속세의 기억을 지우고, 잊고, 버리고, 끊는 효능을 지닌 약이 분명하다. 나의 경험으로 보면 마음의 고통을 말로 풀어내려 할 때 더더욱 아픔의 응어리가 지고, 슬픔의 골이 깊어진다. 누군가 울 때 말을 거는 것은 어리석은 짓임을 나는 잘 알고 있다.

요즘 들어 혜솔 스님이 부쩍 자주 도서관을 찾았다. 게다가 도서관에 왔다 하면 문을 닫는 시간까지 줄곧 자리를 지켰다. 언제부터인가 삼경 종이 울리면 나를 따라 도서관에 들어오는 것이 이제는 자연스러운 일이 되었다. 혜솔 스님은 다음 날 배우게 될 부분을 조용히 예습하다가 문득 자리에서 일어나 도서관의 서책들을 두리번거리곤 했다. 그러다가 마음에 드는 책을 발견하면 서장 구석에 앉아 책 속으로 빠져들었고 이따금 책을 베개 삼아 잠이 들곤 했다.

서장의 뒷전 아늑한 구석 자리는 언제나 혜솔 스님 차지였다. 무엇을 읽고 있는지 궁금하여 살며시 다가가 보면 신문에서부터 월간지, 불교 만화, 시집, 소설, 불교 미술 전문 서적이나 역대 고승 전서에 이르기까지 장르를 넘나들며 닥치는 대로 읽었다.

오늘도 어김없이 혜솔 스님이 도서관을 찾았다. 도서관 문 닫을 시간이 가까워 오는 깊은 밤. 모두가 떠나간 썰렁한 도서관 한 귀퉁이에는 늘 혜솔 스님이 자리를 지키고 있었다. 이제 곧 마지막 뒷정리와 청소를 할 시간이었다. 스님들이 보던 책을 서장에 넣고 있을 때 혜솔 스님이 내게 다가왔다.
"요즘 도서관에 자주 오네."
"여러 가지 책도 볼 수 있고 재미 있으니까예."
"밤마다 여기 오면 피곤할 텐데…."
"지원 스님도 여기서 일 하잖아예."
"나야 도서관이 내 소임이니까 그렇지…."
혜솔 스님은 나를 도와 서장에 책을 꽂아 주었다.
"그냥 두고 어서 들어가 자. 나머지는 내가 정리할 테니."
"아니라예. 어차피 늦은 거 함께 정리하고 들어가예."

스님들이 보고 난 책들을 다시 서장에 끼워 넣는 일은 어찌 보면 단조로워 보이지만 사실 책마다 매겨져 있는 분류 순서와 서책의 번호에 맞추어 제자리에 끼워 넣어야 하기 때문에 여간 신경 쓰이는 일이 아니었다. 도서관에 온 스님들은 대부분 책을 스스로 찾는다. 그러나 간혹 소임자에게 책의 제목만 알려주고 찾아 달라고 하거나 도서 분

류 카드에는 있는데 그 자리에 책이 없을 경우 소임자에게 부탁을 하기도 한다. 이럴 때 잘못된 자리에 책을 꽂았다가는 다시 찾을 때 낭패를 보기 십상이다. 그래서 책을 본 스님은 스스로 서장에 꽂는 것이 아니라 소임자의 자리에 가져다 놓는 것이 도서관의 준칙이다.

그러다 보니 도서관 문을 닫을 시간이면 내 자리에 책이 수북이 쌓인다. 물론 그것을 제 자리에 다시 끼어 넣는 일은 힘들지만 한편으로는 책 제목을 보는 것만 해도 큰 공부라고 생각하며 즐거운 마음으로 소임을 다한다.

오늘은 혜솔 스님이 거들어 주기 때문에 평소보다 빨리 끝날 것이다. 나는 옆에서 일을 거드는 혜솔 스님을 넘겨다 보았다. 너무 어려서 그런지 평소 상대를 해주는 사람 하나 없는 혜솔 스님. 무엇보다 자기 또래의 도반이 없어서 더욱 외로울 것이다. 대중 속에 살면서 이야기할 상대가 없다는 것은 견디기 힘든 일이다. 엄연히 반 일원이기는 하지만 반의 중대사를 논의할 때나 시시때때로 열리는 크고 작은 회의 때에도 혜솔 스님의 입장은 언제나 꿔다 놓은 보릿자루 신세였다. 목소리가 큰 스님들이 언제나 문제의 사안들을 결정하였고 혜솔 스님의 발언은 무시되기 일쑤였다.

나이가 어리다는 이유로 도반 대우를 해주는 이도 없고 회의석상에서도 대부분 무시되는 형편이다 보니 조금은 안쓰러운 생각이 들었다. 그런 생각이 미치자 나라도 혜솔 스님에게 좀 더 잘해 주어야겠다는 마음을 먹었다. 늦은 밤까지 나와 함께 도서관을 지켜주는 혜솔 스님

에게 관심이 가는 이유는 아마도 그 스님의 외로움이 내 마음 안으로 깊숙이 스며들고 있었기 때문이 아닐까.

"혜솔 스님. 덕분에 오늘 일이 빨리 끝났는데 우리 범종각에 가지 않을래?"
"범종각에예?"
"응. 나는 이따금씩 소임을 마치고 찾아가는데 낮에 보는 범종각과는 전혀 느낌이 다르거든. 어때, 우리 밤바람도 쐴겸 가볼까?"
"그래예."
도서관 문단속을 끝으로 소임을 마친 나는 혜솔 스님과 함께 총총걸음으로 범종각으로 향했다.
"어때? 조금 어둡기는 해도 달빛이 드리워져서 묘한 기분이 들지?"
"예. 밤 공기도 정말 좋네예…."
혜솔 스님과 나는 범종각 안에 마련되어 있는 긴 나무 의자에 걸터앉아 고즈넉한 밤 풍경에 빠져들었다.
혜솔 스님과 나 사이에 아무런 대화도 없이 고요하게 시간이 흘렀다. 허공 속에는 바람결에 흩날리는 벚꽃 잎들이 달빛을 받아 눈부시게 빛나고 있었다.
"무슨 생각해?"
혜솔 스님은 대답이 없었다.
"무슨 생각 하느냐구?"

"아무 생각 안하는데예."

말은 그렇게 해도 어린 동자승의 눈가에는 봄밤의 벚꽃 같은 외로움이 묻어 있었다.

"혜솔 스님. 내 친구들 소개해 줄까?"

"친구들이라꼬예?"

"자, 두 눈을 감아봐. 그리고 귀를 열고 잘 들어봐…"

혜솔 스님은 돌 지난 아이처럼 살그머니 눈을 감았다.

"풍경 소리…, 들리지?"

"예…."

"계곡의 물소리…, 소쩍새 울음소리…."

"그래예, 들려예."

"잔잔히 들리는 풀벌레 소리도…."

"들려예…, 풀벌레 소리도예…."

"나뭇잎이 바람결에 부딪치는 소리도 들리지?"

"예. 정말 좋네예."

"이번에는 향기를 맡아봐. 산의 향기…, 풀의 향기…, 소나무 향기…."

"아, 꽃향기도… 날아오는 것 같아예."

"더 깊이 호흡을 해봐. 천천히. 구수한 흙 내음…, 맑은 공기 내음…, 시원한 물 내음…."

"스님, 너무 신기해예."

"그동안 우리가 가까이 함께 있으면서도 잊고 지냈던 친구들이야.

관심을 가지지 않으면 보이지도 않고, 들리지도 않고, 느낄 수도 없는 친구들이지."

"예."

"마음의 문을 열어야 느낄 수 있는 소중한 친구들이야."

"……."

"있어도 없는 듯, 없어도 있는 듯 언제나 내 곁에 항상 머물지. 자연 그대로의 모습으로 순수하게 내게 다가와. 내게 상처를 주지도 않고, 항상 친절하게 좋은 것만 선사해 주지. 마음이 심란하고 괴로울 때에는 다독여 주기도 해. 내가 성내고 찌푸린 얼굴을 해도 내게 등을 돌리지 않는 언제나 변치 않을 영원한 친구들이야. 혜솔 스님도 이제는 그들과 친구가 된 거야."

혜솔 스님은 말없이 고개를 떨구고 있었다.

"나는 단 한번도 혼자라는 생각을 가지지 않았어. 친구들이 있으니까…. 혼자가 아니니까…. 이렇게 많은 아름다운 친구들이 함께 있으니까…."

"……, 스님."

"응?"

"고마워예."

"뭐가?"

갑자기 혜솔 스님의 눈에서 한 방울, 두

방울 눈물 방울이 떨어져 무릎 언저리에 스며들었다. 그 모습을 보자니 혜솔 스님을 와락 안아 주고 싶은 충동을 느꼈다. 하지만 내가 할 수 있는 일이란 말없이 울고 있는 혜솔 스님의 곁을 지켜주는 것뿐이다. 고통, 슬픔, 외로움, 서글픔…. 눈물을 자아내게 하는 말 못할 사연들이 나이 어린 혜솔 스님에게도 당연히 있을 것이다.

굳이 혜솔 스님이 가진 눈물의 의미와 슬픔의 의미를 들여다보고 싶지는 않았다. 어쩌면 눈물은 스스로를 지탱하고 견디게 하는 자기 치유의 묘약인지도 모른다. 눈물은 속세의 기억을 지우고, 잊고, 버리고, 끊는 효능을 지닌 약이 분명하다. 나의 경험으로 보면 마음의 고통을 말로 풀어내려 할 때 더더욱 아픔의 응어리가 지고, 슬픔의 골이 깊어진다. 누군가 울 때 말을 거는 것은 어리석은 짓임을 나는 잘 알고 있다.

사람들은 슬플 때도 눈물을 흘리고, 감동을 받을 때도 눈물을 흘린다. 그 눈물에는 차이가 없다. 그러므로 나는 절대 눈물의 의미에 아무런 의문을 가지지 않는다. 왜냐하면 눈물은 자신에게 솔직해지려는 순간에 흘러 빛을 발하는 마음의 보석이기 때문이다.

이토록 잔잔한 달빛이 머무는 아름다운 풍경 속에서는 더더욱 내 가슴속으로 파고드는 혜솔 스님의 애잔한 눈물에 애써 의미를 부여할 이유가 없다. 어떤 의미의 눈물이든 혜솔 스님이 내 앞에서 눈물을 보인 것은 혜솔 스님이 마음을 활짝 열어 순수하고 솔직한 모습으로 내 안에 깊이 다가오고 있음을 뜻하는 것이다.

그런 생각을 하면서도 나 역시 서글퍼지는 이유는 무엇일까.

혜솔 스님

혜솔 스님의 격앙된 목소리는 내 귓가에 메아리처럼 울리면서 내 마음을 흔들었다. 단지 궁지에 몰린 나를 대변해 주어서가 아니라 혜솔 스님의 따스한 마음이 느껴졌기 때문이었다. 그 작은 입을 한껏 벌리고 고사리 같은 작은 주먹을 쥐었다 폈다 하며 하늘을 호령하듯 당당하게 외친 용기있는 모습이 내 가슴에 맺혔기 때문이었다.

스님들이 모두 잠을 자러 떠나 버린 텅 빈 도서관. 나는 혜솔 스님을 찾아 나섰다. 이윽고 나는 한 구석을 응시하며 그 자리에 얼어 붙고 말았다. 세 블록의 서장 너머 한쪽 귀퉁이에 도서관의 마지막 손님이 마치 천상의 구름 위인 듯 포근하게 누워 있었다. 아무도 깨뜨릴 수 없을 것 같은 평화로운 미소를 띠고 잠들어 있는 혜솔 스님의 모습. 혜솔 스님의 잠자는 모습을 바라보며 나는 두 손을 모아 부처님께 기도했다.

범종각에 다녀온 그날 이후 혜솔 스님은 거의 한시도 빠지지 않고 나를 따라 다녔다. 물론 내 다음 좌차이기 때문에 늘 옆자리에 앉아 있는 것은 당연한 일이지만 지대방에서 낮잠을 잘 때에도 내 옆에 붙어서 자고, 쉬는 시간 포행을 갈 때에도 그림자처럼 나를 따라 다녔다. 그렇게 혜솔 스님이 쫓아다녀도 나는 귀찮은 줄을 몰랐다.
　공부 시간에도 문득 얼굴을 마주칠 때면 서로 미소를 주고 받으며 마음을 나누기도 했다. 그 맑은 얼굴을 보고 있노라면 내 마음까지도 순백의 공간 속으로 빠져드는 것만 같다. 요즘 들어서는 혜솔 스님이 눈 앞에 보이지 않으면 오히려 허전한 생각까지 들면서 나도 모르게 내 눈길은 혜솔 스님을 찾아 두리번거리게 되었다.
　어느 날 지대방에서 자유 정진 시간을 보낼 때였다. 지대방에는 어김없이 스님들이 둘러 앉았다. 내가 해우소에 갈 생각으로 자리에서 일어나자 혜솔 스님이 따라 일어났다. 반장인 무량 스님이 내게 물었다.

"지원 스님, 어디 가는가?"

"화장실요."

무량 스님이 혜솔 스님에게도 물었다.

"스님은?"

"저도예."

"하루 종일 붙어 있으면서 화장실도 같이 가는 거야? 찰떡 궁합이군, 찰떡 궁합이야."

뚱뚱보 각인 스님이 나와 혜솔 스님을 번갈아보며 비아냥거렸다.

"아니 언제부터 고렇게 붙어 다녔남? 아예 바늘하고 실이잖여."

"혜솔 스님이 그래도 내가 제일 만만하니까 그렇지요, 뭐…."

"아이고메, 지원 스님. 만만허면 고렇게 자석처럼 붙어 다니남유? 눈꼴 시어서 나도 누구랑 붙어 다녀야지 어디 옆구리 썰렁해서 중노릇 하겠남유?"

각인 스님이 지대방을 비잉 둘러보았다. 그러자 갑자기 반 스님들은 바닥에 드러누워 버리거나 다른 곳을 바라보면서 딴청을 해대었다. 이내 머쓱해진 각인 스님이 떫은 표정으로 중얼거렸다.

"나 차암…. 인물이 있어야제, 인물이…. 어이구 앓느니 죽지…. 워디 두고 보자구유."

단잠을 깨웠는지 광진 스님이 소리를 질렀다.

"시끄럽다 고마. 다 디비 자그라마."

광진 스님의 한 마디에 지대방은 스님들의 웃음소리로 뒤덮였다.

그렇다. 혜솔 스님과 나는 언제부터인지 반 스님들이 인정하는 단짝이 되어 있었다.

따뜻한 인정까지도 절제해야 하는 삭막한 대중 생활 속에서 속가의 형제처럼 다정한 우리의 모습은 그리 쉽게 볼 수 없는 모습이었다. 이렇게 우리 둘이 끈끈하게 정을 나누게 될 줄은 나조차 생각지 못했던 일이었다.

나를 감동시킨 사건이 일어난 것은 며칠 후의 일이었다.

그날도 강의 시간에 어김없이 쏟아지는 졸음 탓에 거의 실신할 정도로 혼곤했던 나는 수업 시간 내내 비몽사몽이었다. 나뿐이 아니었다. 나른한 봄 날씨 때문이었는지, 전날의 울력 때문에 피곤했는지, 절반 이상의 스님들이 책상 위에 엎드려 잠을 자고 만 것이다.

수업이 끝나는 죽비 소리를 듣고서야 잠에서 깨어난 스님들은 민망한 표정으로 눈을 부비며 겨우 몸을 일으켜 세웠다. 나 역시 재빨리 입가의 침을 훔쳐내고 흠뻑 젖은 책장을 슬그머니 덮으며 아무 일도 없었던 것처럼 태연스럽게 강사 스님을 바라보았다.

고매한 인품의 무애 스님께서는 한심하기 짝이 없는 학인들을 둘러보며 교탁에서 한숨을 몰아쉬셨다. 왠지 심상치 않는 일이 일어날 것만 같은 조짐이었다. 아무런 말씀도 하지 않고 우리를 무연히 보던 강사 스님은 학인들의 종례 인사도 받지 않고 조용히 강의실을 나가셨다.

차라리 호통이나 치고 가셨으면 그나마 마음이 덜 불편했을 것이다. 강의실에 남아 있던 우리 반 스님들은 침묵과 함께 침울한 분위기 속으로 빠져들었다.

반장인 무량 스님이 굳은 표정으로 단상에 올랐다.

"도대체 이게 뭡니까? 몇몇 스님들 때문에 강의실 분위기를 흐려서야 쓰겠습니까?"

틀림없이 졸았을 월봉 스님이 선수를 치고 나섰다.

"큼…, 큼…. 경공부를 하러 강원에 왔는지 잠을 자러 강원에 왔는지 내 알 수가 엄따카이…."

그 말을 듣자 다들 월봉 스님을 노려보며 수군덕거렸다.

"자, 자, 조용조용…. 내가 봐도 오늘따라 스님들이 많이 졸았습니다. 앞으로는 각자 자기 살림 잘 챙기시고 우리 이 시간 이후 강의 시간만큼은 졸지 않도록 노력합시다."

그때 정명 스님이 벌떡 일어섰다. 사사건건 논쟁을 좋아하고 상반에게 고자질을 잘하는 정명 스님이 나섰으니 뭔가 일이 벌어질 듯한 예감이 들었다.

"반장 스님. 정명이 한 말씀 드리겠습니다."

"하세요."

"오늘의 이 사태는 어디까지나 오늘 일 때문에 빚어진 일이 아니라고 생각되는데요. 여러분도 아시다시피 저기 지원 스님처럼 아예 수업 시작 죽비가 내려지면 책상에 머리를 박는 스님들 때문에 결국은 반 스님들도 덩달아 해이한 정신이 되지 않는가 싶습니다. 그래서 저는 근본적으로 문제 해결을 해야 된다고 생각합니다."

진호 스님이 맞장구를 치며 일어섰다.

"맞는 말입니다. 진호 한 말씀하겠습니다. 정명 스님이 지적한 것처럼 번번이 강의실 분위기를 해치는 스님들이 있는 한 또다시 이러한 일이 일어나지 말란 법이 어디 있겠습니꺼. 수행이란 기 무엇입니꺼. 육신의 욕구를 조복하여 인욕하는 것이 수행의 참 모습이요, 도업을 이루는 첩경이 아닙니꺼? 반장 스님이 참회를 줘서라도 뿌리를 뽑아야 된다꼬 생각합니더."

이런 자리에서 빠질 각인 스님이 아니었다.

"각인 한 말씀 올리것시유. 말이 나왔으니 하는 말인디유, 저두유 옆에서 은근히 들리는 코 고는 소리 땜시 여간 신경 쓰이는 것이 아니라니께유. 침까지 질질 흘려 경책을 적셔가면서꺼정 정신을 쏘옥 빼놓고 퍼질러 자는데 나두 질렸시유. 지원 스님 경책 좀 봐유."

각인 스님이 내 치문 경책을 빼앗아 펼쳐 들었다.

"이게 어디 치문책이에유? 베개지 베개. 침에 쩌들은 이 책 좀 봐유. 원, 잠 귀신이 들린 것도 아니고…."

오늘의 사태를 만든 원인 제공자로 결국 나에게 모든 화살이 꽂혔다. 반 스님들의 살벌한 시선이 나에게 쏟아졌다. 나는 너무 부끄러워 차마 얼굴을 들 용기조차 없었다. 쥐구멍이라도 있으면 들어가고 싶은 심정이었다.

"자, 오늘 일은 이것으로 그만 합시다. 지원 스님. 앞으로는 강의 시간 분위기를 해치지 않도록 하세요. 반 스님들의 지적을 명심하고 강의 시간에 졸지 않도록 각별히 주의해 주십시오."

반장 스님이 내린 매정한 한 마디의 결론이 나를 더더욱 비참함과 죄책감의 구렁텅이로 몰아넣었다. 눈물이 나올 지경이었다. 그때 생각지도 않았던 상황이 벌어졌다. 혜솔 스님이 자리를 박차고 일어나 강의실이 울릴 정도의 큰 목소리로 정적을 깨뜨린 것이었다.

"이건 옳지 않아예. 어떻게 스님들이 지원 스님한테만 뭐라고 할 수 있는 건가예? 여기 강의 시간에 졸지 않은 스님 있으면 어디 당당히 나와봐예. 그라고 앞으로도 결코 졸지 않을 자신 있는 스님 있으면 한번 나와봐예. 없지예? 그렇지예? 그런데 지원 스님만 몰아붙이는 게 어디 있어예. 지원 스님은예, 도서관 소임 때문에예 스님들이 한참 쿨쿨 자고 있을 자정까지 잠도 못자고 일을 하는 스님이라예. 고작 세 시간밖에 잠잘 시간이 없다는 것을 아신다면예 그런 말씀 몬합니더."

"혜솔 스님, 알았으니까 자리에 앉아요."

"반장 스님예. 지는 말 안 끝났습니더. 나이가 어리다고 무시하시면 안되지예."

혜솔 스님의 입바른 소리와 위세에 반장인 무량 스님이 찔끔하는 눈치였다.

"정명 스님, 진호 스님 그리고 각인 스님. 오늘부로 내 똑똑히 스님

들을 지켜볼 꺼라예. 내 지금까지 스님들 좋은 거 한 두번 본 것도 아이지만서도예, 앞으로는 스님들만큼은 절대 졸면 안되는 거라예. 그리고예 스님들은 도대체 얼마나 공부를 잘하는지 강사 스님이 경을 새기라고 할 때 내 똑똑히 틀린 부분만을 찾아서 반드시 지적할 꺼라예. 다 함께 고생해 가민서 대중살이 하는 처지에 한 사람한테 잘못을 죄다 뒤집어 씌우는 것은 옳지 않은 일이라예. 자비문중 절집에서 시시비비를 가리고 잘잘못을 따지는 것은 스님들이 할 짓이 아니라예."

혜솔 스님의 격앙된 목소리는 내 귓가에 메아리처럼 울리면서 내 마음을 흔들었다. 단지 궁지에 몰린 나를 대변해 주어서가 아니라 혜솔 스님의 따스한 마음이 느껴졌기 때문이었다.

그 작은 입을 한껏 벌리고 고사리 같은 작은 주먹을 쥐었다 폈다 하며 하늘을 호령하듯 당당하게 외친 용기있는 모습이 내 가슴에 맺혔기 때문이었다.

그때 내가 혜솔 스님에게서 본 것은 동자승이 아니라 준엄한 큰스님의 풍모였다.

그날 밤에도 혜솔 스님은 어김없이 도서관에 찾아왔다. 나는 오전 강의 시간에 있었던 일로 우울하게 하루를 보냈던 터라 조용히 내 자리에 앉아 경책을 보고 있었다. 도서관에 들어선 혜솔 스님은 내 눈치를 살피더니 주머니에서 'ABC초콜릿' 두 개를 꺼내어 내 책상 머리맡에 슬그머니 올려놓고는 언제나 그랬던 것처럼 서장의 뒷전 구석 자리로 갔다.

혜솔 스님에게 고맙다는 말이라도 하고 싶었지만 어떻게 말을 꺼내야 할지 생각이 나지 않았다. 나는 공연히 초콜릿만 만지작거렸다. 초콜릿에서 혜솔 스님의 향기가 묻어나면서 괜히 코끝이 싸했다.

어느덧 도서관 문 닫을 시간이 되었다. 나는 서장을 돌면서 스님들이 보고 난 책들을 꽂아 넣었다. 오늘 역시 책의 분량이 많아 자정 가까운 시간이 되어서야 정리가 끝났다. 그런데 당연히 보여야 할 혜솔 스님이 보이지 않았다.

스님들이 모두 잠을 자러 떠나 버린 텅 빈 도서관. 나는 혜솔 스님을 찾아 나섰다. 이윽고 나는 한 구석을 응시하며 그 자리에 얼어 붙고 말았다.

세 블록의 서장 너머 한쪽 귀퉁이에 도서관의 마지막 손님이 마치 천상의 구름 위인 듯 포근하게 누워 있었다. 아무도 깨뜨릴 수 없을 것 같은 평화로운 미소를 띠고 잠들어 있는 혜솔 스님의 모습. 혜솔 스님의 잠자는 모습을 바라보며 나는 두 손을 모아 부처님께 기도했다.

"부디 건강하게 자라게 해주세요. 그리고 오랫동안, 오랫동안 좋은 도반으로 함께 공부할 수 있게 해주세요."

나는 혜솔 스님을 안아 일으켰다. 서늘한 도서관의 찬기운 때문인지 혜솔 스님의 몸이 바짝 얼어 있었다. 설은 잠에 못이긴 혜솔 스님이 어린 아이처럼 내 품안으로 스르르 안겼다. 나는 혜솔 스님을 등에 업고 대방으로 향했다. 별빛이 오늘따라 유난히 밝았다.

그리운 어머니

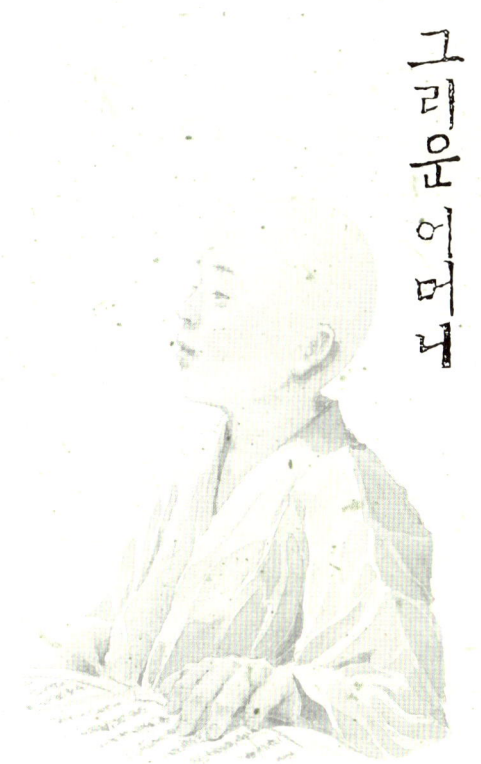

이 글을 읽고 있으니 문득 어머니가 그리워졌다. 나는 마음속으로 '어머니' 하고 불러 보았다. 가슴 깊은 곳에서 뜨거운 기운이 솟구쳐 눈물로 흘렀다. 참고, 참아도 쏟아져 흐르는 눈물을 주체할 수 없었다. 짧은 순간, 어머니에 대한 그리움이 흐느낌으로 변하고야 만 것이다.

전화기에서 귀에 익은 목소리가 흘러나왔다. 어머니였다. 나는 그만 눈물이 나와 말을 할 수가 없었다. 어머니가 하시는 말씀에 짧게 대답하는 것이 고작이었다. 정작 하고 싶은 말은 입안을 맴돌았다. 울렁이는 마음을 가까스로 진정 시킨 뒤 입을 열었다. "어머니…, 편지 잘 받았어요…. 저는 아주 건강해요…. 밥도 잘먹구요, 어머니. 저요, 스님들하고도 잘 지내요…. 어머니, 건강하게 잘 지내세요, 어머니."

　　새벽 예불을 마치고 나면 이어 간경看經을 한다. 간경은 글자 그대로 경을 보는 것인데 사전적인 해석으로는 소리내지 않고 불경을 읽는 것을 의미한다. 그러나 강원에서의 새벽 간경은 반드시 소리를 내어 경을 읽어야 한다. 소리를 내어 읽으면 새벽잠을 쫓을 수 있을 뿐더러 반복하여 읽음으로써 경을 아예 외우라는 소지小志도 있다. 한편 소리내지 않는 스님은 필시 졸고 있는 것이 분명하므로 조는 스님을 가려낼 수 있는 상반 스님들의 감시책일 수도 있다.

　　오늘 새벽 간경에 내가 읽고 있는 부분은 동산양개화상洞山良价和尙이 출가를 하여 어머니에게 하직을 고하는 편지글 대목이었다.

엎드려 듣자오니, 모든 부처님이 세상에 나올 때는 모두 부모에 의탁하여 삶을 받았으며 만물이 생겨날 때는 모두 하늘이 덮어주고 땅이 실어주는 힘을 빌었다 하였습니다. 그러므로 부모가 아니면 태어나지 못하고 천지가 없으면 자라나지 못하니, 모두가 길러주는 은혜에 젖어있으며 모두가 덮어주고 실어주는 은덕을 받았습니다. 오호라, 일체의 중생과 만 가지의 형상들은 모두 무상無常에 속하기에 태어나고 죽는 것을 여의지 못하는 것입니다. 어려서는 곧 젖을 먹여준 정이 무겁고 길러준 은혜가 깊으니 만약 재물을 가지고 공양하고 돕더라도 결국에는 보답하기 어려우며, 만약 베어낸 살로 음식을 지어 시봉하더라도 어찌 오래도록 장수를 얻을 수 있겠습니까. 그러므로 '효경'에 이르기를 '날마다 세 가지의 희생물을 잡아 봉양하더라도 여전히 효를 다하지 못한다' 하였으니, 서로 끌어당기며 잠겨들면 영원히 윤회의 길로 들어가게 되는 것이므로 망극한 은혜를 보답하고자 하면 출가하는 공덕만한 것이 없을 것입니다. 삶과 죽음으로 이어지는 애증의 물줄기를 끊어버리고 번뇌로 가득 찬 고통의 바다를 뛰어 넘음으로써 천생의 부모에게 보답하고 만겁의 자애로운 육친에게 보답한다면 삼계의 네 가지 은혜를 갚지 않음이 없을 것입니다. 그러므로 이르기를 '한 아들이 출가하면 구족九族이 천상에 난다' 했습니다. 양개는 금생의 몸과 생명을 버리더라도 맹세코 집으로 돌아가지 않고 영겁의 근진根塵으로 반야를 깨쳐 밝히려 합니다. 엎드려 바라건대, 부모님께서는 마음으로 들으시고 기꺼이 버리시어 뜻으로 새로이 인연을 짓지 마시고 정반국왕을 배우시며 마야모후를 본받으십시오. 다른 날 다른 때에 부처님의 회상會上에서 서로 만날 것이오니 지금 이 때에는 잠시 서로 이별하는 것입니다. 양개는 오역죄五逆罪를 저지르고자 부모공양을 거절하는 것이 아니라 세월이 사람을 기다려 주지 않기 때문이니, 그러한 까닭에 '이 몸을 금생에 제도하지 않으면 다시 어느 생을 기다려 이 몸을 제도할 것인가'라고 한 것입니다. 엎드려 바라건대 부모님의 마음에 이 자식을 다시는 기억하지 마십시오.

伏聞, 諸佛出世, 皆托父母而受生, 萬類興生, 盡假天地之覆載. 故, 非父母而不生, 無天地而不長, 盡霑養育之恩, 俱受覆載之德. 嗟夫, 一切含靈, 萬像形儀, 皆屬無常, 未離生滅. 稚則乳哺情重, 養育恩深, 若把賄賂供資, 終難報答, 若作血食侍養, 安得久長. 故, '孝經'云: '日用三牲之養, 猶爲不孝也.' 相牽沈沒, 永入輪廻, 欲報罔極之恩, 未若出家功德. 截生死之愛河, 越煩惱之苦海, 報千生之父母, 答萬劫之慈親, 三有四恩, 無不報矣. 故云 '一子出家, 九族生天.' 良价, 捨今生之身命, 誓不還家, 將永劫之根塵, 頓明般若. 伏惟, 父母心聞喜捨, 意莫攀緣, 學淨飯之國王, 效摩耶之聖后. 他時異日, 佛會上相逢, 此日今時, 且相離別. 良价非拒五逆於甘旨, 盖時不待人, 故云 '此身不向今生度, 更待何生度此身.' 伏冀尊懷, 莫相記憶.

이 글의 가르침은 출가를 하여 공부를 게을리하는 것이 양가득죄兩家得罪이며, 또한 출가자의 진정한 효도는 열심히 정진하여 도업을 성취하는 것이라는 의미의 내용이다. 이 글은 읽으면 읽을수록 가슴이 저리게 마음에 와 닿는다.

　선사의 구도심에도 깊은 감동을 받았지만 무엇보다도 아들에게 보낸 답서에 담긴 어머니의 마음이야말로 진정 마음을 울리는 이야기였다.

　나는 너와 더불어 예로부터 인연이 있어오다 비로소 에미와 아들로 맺어짐에 애욕을 취하여 정을 쏟게 되었다. 너를 가지면서부터 부처님과 하늘에 기도를 드려 아들을 낳게 해달라고 원하였더니, 임신한 몸에 달이 차자 목숨이 마치 실 끝에 매달린 듯 하였으나 마침내 마음에 바라던 것을 얻게 되어서는 마치 보배처럼 아낌에 똥오줌도 그 악취를 싫어하지 않았으며 젖 먹일 때도 그 수고로움을 게을리 하지 않았다. 차츰 성인이 되면서부터 밖으로 보내어 배우고 익히게 함에 간혹 잠깐이라도 때가 지나 돌아오지 않으면 곧장 문에 기대어 바라보곤 하였다. 보내온 글에는 굳이 출가하기를 바라지만 아버님은 돌아가셨고 에미는 늙었음에, 네 형은 인정이 메마르고 아우도 성격이 싸늘하니 내가 어찌 기대어 의지할 수 있겠느냐. 아들은 에미를 팽개칠 뜻이 있으나 에미는 아들을 버릴 마음이 없다. 네가 훌쩍 다른 지방으로 떠나가고부터 아침 저녁으로 항상 슬픔의 눈물을 뿌림에 괴롭고도 괴롭구나. 이미 맹세코 고향으로 돌아오지 않는다 하였으니 곧 너의 뜻을 따를 것이로다. 나는 네가 왕상이 얼음 위에 누운 것이나 정란이 나무를 새긴 것과 같이 하기를 기대함이 아니라 단지 네가 목련존자 같이 나를 제도하여 고해의 바다에서 벗어나게 하여 주고 위

로는 불과佛果에 오르기를 바랄 뿐이다. 만일 그렇지 못할 것 같으면 깊이 허물이 있을 것인즉 모름지기 간절하게 이를 체득하여 알아야 할 것이다.

 吾與汝, 夙有因緣, 始結母子, 取愛情注. 自從懷孕, 禱神佛天, 願生男子, 胞胎月滿, 命若懸絲, 得遂願心, 如珠寶惜, 糞穢不嫌於臭惡, 乳哺不倦於辛勤. 稍自成人, 送令習學, 或暫逾時不歸, 便作倚門之望. 來書堅要出家, 父亡母老, 兄薄弟寒, 吾何依賴? 子有拋母之意, 娘無捨子之心. 一自汝往他方, 日夕常灑悲淚, 苦哉苦哉! 旣誓不還鄕, 卽得從汝志. 我不期汝如王祥臥氷 丁蘭刻木, 但望汝如目連尊者, 度我解脫沈淪, 上登佛果. 如其未然, 幽愆有在, 切須體悉.

 이 글을 읽고 있으니 문득 어머니가 그리워졌다. 나는 마음속으로

'어머니' 하고 불러 보았다. 가슴 깊은 곳에서 뜨거운 기운이 솟구쳐 눈물로 흘렀다. 참고, 참아도 쏟아져 흐르는 눈물을 주체할 수 없었다. 짧은 순간, 어머니에 대한 그리움이 흐느낌으로 변하고야 만 것이다.

나의 흐느낌 소리가 컸는지 대중방의 스님들이 하나 둘 내 책상 자리로 얼굴을 돌렸다. 나는 얼른 소매로 눈물을 훔치고 마음을 가다듬었지만 이미 너무 늦어 버렸다. 내 두 눈은 충혈 되었고 얼굴은 붉게 상기된 데다 콧물이며 눈물이 나의 옷고름과 소매를 적셔 놓았기 때문이었다. 부끄러워 고개도 들지 못하고 안절부절하고 있는 사이 찰중 덕장 스님이 나를 불렀다. 나는 덕장 스님에게로 갔다.

"지금 뭐하는 거요?"

"간경을 했습니다."

"간경을 잘 하고 있는데 내가 이 자리로 불렀겠소?"

"……."

"다른 스님들은 열심히 간경하고 있는데 왜 울고 있는 거요?"

"……."

"어디 아파요?"

"아니오."

"그럼 뭣 때문에 질질 짜고 있는 거요?"

"……."

"아니? 상반 스님이 물으면 대답을 해야 할 게 아니오!"

"……."

"다른 스님들 공부하는데 번거롭게 해서야 쓰겠소?"

"……."

"지금 나한테 침묵으로 반항하는 건가요?"

내가 계속 입을 다물고 있자 덕장 스님은 발끈했다. 덕장 스님이 우리 치문반을 향해 고개를 돌렸다.

"치문반 반장 스님. 아니지. 치문반 스님들 모두 가사 장삼 수 하시고 내 자리로 오세요."

얼굴만 마주쳐도 사미반 스님들이 오금을 못 펴는 강원 최악의 인물, 덕장 스님에게 제대로 걸린 셈이었다.

덕장 스님 앞에 무릎을 꿇은 우리 반 스님들은 나 때문에 반시간이 넘도록 온갖 훈계를 들을 수밖에 없었다. 그리고 아침 공양 시간까지 수백 번 참회의 절을 올려야 했다. 반 스님들에게 너무도 죄스러운 나머지 나는 차마 얼굴을 들고 다닐 수도 없을 지경이었다.

이날부터 나는 강원에서 '잠보'에다 '울보'라는 소리까지 듣는 스님으로 낙인이 찍혀 버렸다.

나는 반 스님들에 대한 미안한 감정과 덕장 스님에 대한 분개심이 범벅이 되어 침통하고 우울한 표정으로 맥없이 어깨를 늘어뜨리고 있었다. 오전 내내 반 스님들은 내게 어떤 얘기도 붙이지 않았다.

오전 강의가 끝나자 반장인 무량 스님이 조용히 나를 불러 계곡으로 데리고 갔다. 새벽 간경 시간에 있었던 일로 내게 다시금 문책할 것이 분명했다. 답변하고 싶지 않은 질문을 받을 것을 뻔히 알면서도 묵묵히 그를 따라간 것은 반 스님들에게 일일이 하지 못한 사죄를 반장 스님에게라도 대신 해야 할 것 같았기 때문이었다. 무량 스님과 나는 계곡의 호젓한 물가 큰바위 위에 앉았다.

"어떻게 된 거야?"

생각과 달리 무량 스님이 따뜻하게 말을 건넸다.

"뭘요?"

"왜 울었는데?"

"그냥요."

"그래…. 나도 스님 나이 때는 눈물이 많았지."

늘 자기 중심적이라고 생각해 왔던 무량 스님의 따뜻한 말은 참으로 뜻밖이었다.

"힘들지? 도서관 소임 보랴, 힘든 대중살이하랴."

"아니에요. 저만 힘든 게 아닌데요. 오늘 저 때문에 반 스님들이 참회하게 된 것에 대해 정말 죄송스럽게 생각하고 있어요. 스님께도 사과 드릴께요."

"뭐어, 하루 이틀 참회하나. 상반 스님들이야 뭔가 꼬투리를 잡아서라도 참회를 시키는 게 일이잖아. 그렇지 않아도 요즘 들어 통 참회를 하지 못해 언제쯤 불똥이 떨어지나 했어. 오히려 참회를 하니까 속이 시원하던 걸. 하하하……."

무량 스님의 말에 나는 슬그머니 미소를 지었다.

"요즘 들어 나도 속이 좋지 않아. 정신 바짝 차리고 살아야지."

"왜요? 무슨 일이 있으세요?"

"으응 그게…. 시골에 계신 모친이 요즘 꿈에 계속 나타나시거든…."

"어머니요?"

"며칠 전에 안부 전화를 한 통 드렸는데 건강이 그다지 좋지 않으신가봐. 혼자 사시는데 병수발은 누가 해드리는지…, 휴유…."

무량 스님의 얼굴이 어두웠다. 괜히 나까지 가슴이 싸했다.

"스님은 외아들이라고 하셨지요?"

"으응. 잘 지내시길 바래야지."

"그래요."

"힘 내자구. 지원 스님도 뭔가 말 못할 사연이 있어서 심기가 편치 않은가 본데 이럴 때일수록 마음 단단히 먹자구."

"고마워요, 스님. 저 힘 낼께요…."

"그래."

내게 용기를 북돋아주는 무량 스님의 말 한마디가 참으로 고마웠다. 자신의 고민을 솔직하게 털어놓으며 힘을 내자는 무량 스님에게 내 속마음을 털어놓지 않은 것이 조금은 미안하다는 생각이 들었다. 하지만 나는 내 이야기를 마음 깊이 묻어두기로 다짐했다. 일시적인 감정에 휩싸여 서로의 등을 두드리며 위로를 해주는 상황이 싫었거니와 그에게 어머니에 대한 그리움 때문에 대중방에서 울었다는 사실을 얘기하는 것도 싫었다. 그것은 어쩌면 내 알량한 자존심 때문인지도 몰랐다.

저녁에는 모처럼 자유 정진 시간을 가졌다. 대구의 한 불자님이 사과 네 상자를 대중 공양하여 각 반에 한 상자씩 나누어 차담 시간을 가진 것이다.

오랜만에 가진 차담 때문인지 지대방에 모인 반 스님들은 저마다 즐거운 표정이 역력했다. 재빠른 손놀림으로 나는 사과를 깎았다. 그런데 곁에서 못마땅한 눈길로 나를 지켜보던 광진 스님이 기어이 한 마디 던졌다.

"고마, 사과 껍질을 그리 깎으마 뭘 묵노?"

"요즘 사과는 농약을 치니까 깊이 깎아야잖아요. 더구나 제 철 사과도 아닌데 저장하기 위해 얼마나 농약을 많이 뿌렸겠어요."

반장인 무량 스님이 한마디 거들었다.

"광진 스님. 걍 깎아주는 데로 잡숴어. 깎아 주는 사람도 있는데 입만 갖고 뭐라 하지 말고."

지문 스님이 나이와 어울리지 않게 냅름 무량 스님을 편들었다.

"무량 스님, 저 시님 상판을 보소. 얌전하게 과일 깎아 먹게 생겨부렀나."

"치앗뿌라. 내사 마, 농약 묵다 죽어도 껍질꺼정 묵을란다."

지대방 스님들이 한바탕 웃음을 터트렸다. 그때 대경 스님이 나지막이 내게 물었다.

"오늘 배운 부분은 뭔가 가슴이 아릿하지 않아요?"

대경 스님이 말하는 '오늘 배운 부분'이란 내가 대중방에서 울음을 터트린 그 내용이었다.

"대경 스님이야 감성이 풍부하시니까 더더욱 그렇게 느꼈겠지요. 저도 아까 강사 스님 이야기 듣고 어머니 생각이 나던 걸요."

어느 틈엔가 각인 스님이 특유의 말투로 끼어 들었다.

"우리 같은 초심자들이 마음 굳건하게 가지고 공부 열심히 하라고 하는 얘기라구유. 출가를 했으믄 부모하고 자식지간은 끝장이라니께유. 스님이 돼 가지고 정에 얽매이면 이것도 저것도 아니지유."

각인 스님의 말은 정도가 지나친 것 같았다. 나는 정색을 하고 각인 스님에게 말했다.

"각인 스님. 그래도 좀 너무한 것 같아요. 이왕이면 어머니께 마음 편히 계시도록 위로의 내용을 썼으면 더 좋았지 않았을까요?"

"얼씨구. 그렇게 오마니 타령하려면 뭣 땜시 출가를 했남유? 옆에서 지극 정성으로 시봉이나 하지."

무량 스님이 내 편이 되어 각인 스님을 나무랐다.
"각인 스님이 그 필링을 느끼기나 하겠어요. 순 자기만 아는 에고이스트인데. 인간성이 결여되어 그런 감정이 일어날 리 없지."
"뭐라구유? 지금 뭐라고 했시유? 에고이스트?"
여기에 진호 스님이 안경을 곧추 세우며 끼어들었다.
"모름지기 발심 출가하여 수행을 시작했으면 사소些少로운 감정은 버려야 합지요. 각인 스님 말이 전적으로 맞습니다. 큰스님들 행장을 들어보면 절에 찾아오는 혈육을 원수 보듯 똥물을 뿌리고 기왓장을 던져서라도 가까이 하지 않는다는 이야기 못 들으셨어요. 인간성을 언급하기 이전에 자신이 부모를 등지고 왜 출가를 했는지 그 결심을 다지며 단호한 각오로 수행을 해야 한다고 생각합니다."
"워메…, 진호 스님은 언제나 옳은 말만 허네유."
"중 사상을 가지고 오롯이 살아가는 수행자라면 당연지사지요."
진호 스님의 말에 힘을 얻은 각인 스님이 놀리듯 내게 물었다.
"왜? 지원 스님, 엄마 보고자파유?"
"조금…요."
"왜? 그렇게 보고자프면 낼 당장이라도 보따리 싸 들고 집에 가지 그래유?"
"이구…, 각인 스님은 참."
내가 고개를 돌리자 각인 스님의 화살이 혜솔 스님에게로 향했다.
"혜솔 스님은 엄마 생각 안나남유?"

그 말에 광진 스님이 버럭 화를 내었다.

"고마 시끄럽다. 갓난 얼라 때부터 절에서 자랐다는데 뭘 알겠노. 큰 스님 될 팔자는 날 때부터 인생 길이 틀리는기라."

슬쩍 넘겨다보니 혜솔 스님의 얼굴이 어두웠다. 문득 범종각에서 눈물을 보이던 혜솔 스님의 얼굴이 떠올랐다.

그런 일이 있은 뒤 며칠이 지났다. 청암 스님이 편지 한 묶음을 들고 지대방으로 들어와 각자에게 나누어주었다.

"지경 스님, 우편물이요…."

지경 스님은 편지를 받기도 전에 활짝 웃었다.

"여기 지원 스님 우편물도 왔네요."

"고맙습니다, 청암 스님."

뜻밖이긴 하지만 반가운 마음에 덥석 받아 들었다. 어머니로부터 온 것이었다. 편지를 뜯기도 전에 어머니의 냄새가 물씬 풍겼다. 혜솔 스님이 자꾸 편지를 넘겨다 보았다.

"스님도 편지 보내는 사람이 있네예. 지두 보여주시라예."

혜솔 스님이 내 손에 든 편지를 기웃거렸다. 나는 혼자서 편지를 보고 싶었다. 아니, 조용히 어머니를 만나고 싶었다. 나는 슬그머니 일어섰다. 그러자 혜솔 스님도 따라 나설 채비를 했다.

"혜솔 스님, 그냥 지대방에 있어."

"치이, 그러기가 어딨어예. 나에게 편지 오기만 해봐예. 두고 보시라예."

 나와 혜솔 스님을 물끄러미 쳐다보던 월봉 스님이 장난스럽게 한마디 던졌다.

 "큿…큿. 얼라가 낄 때 안낄 때 분간도 엄시 꼬옥 낄라카노. 니가 두고 보자케도 여기 있는 사람 한 사람도 안무섭데이. 에라 방구나 받아라… 뽀옹!"

 월봉 스님은 말이 끝나기 무섭게 방귀를 뀌었다.

 "월봉 스님, 제발 그만 좀 뀌시라예. 똑같은 밥 묵고 뭔 냄새가 이렇게도 지독합니꺼, 예?"

 대경 스님이 월봉 스님을 향해 원망스럽다는 투로 말했다.

 "에이구…. 잠 좀 자려고 했더니…. 하루 이틀도 아니고 이거 원, 셋 이상만 모였다 하면 뀌어대니 거시기를 축구공으로 막아놓든가 해야지, 원!"

 "큿…, 큿…. 아이고 내사 마 나오는 방구를 우째 참으라꼬 그라노."

 저돌적인 진호 스님도 가만있지 않았다.

 "스님. 이 좁은 데서 방귀 뀌고 싶은 마음이 생깁니까? 그것도 얼굴을 찡그려가며 억지로 힘을 줘 독가스를 뿜어대니, 이거 원…."

 스님들끼리 옥신각신하고 있는 사이 나는 편지를 가슴속에 품고 슬그머니 지대방을 빠져 나왔다. 그리고 대방의 내 책상 자리에 앉아 설레는 마음으로 편지를 열었다.

그동안 건강하게 잘 있었지. 네가 총림사로 떠난 후부터 소식이 없어 참 궁금하구나. 무소식이 희소식이라는데, 아무쪼록 무사히 잘 지내는 것으로 믿겠다.

어미는 네가 총림사에서 공부를 하고 있다는 것이 얼마나 자랑스러운지 모른다. 대중살이가 여간 힘든 게 아니라는데 꿋꿋이 잘 버티고 있는 게 장하구나.

이 어미도 지원 스님처럼 스님이 되는 게 꿈이었는데 나 대신 네가 내 소원을 푸는구나.

평생 공부를 하며 도를 닦는 게 얼마나 좋은 일이냐. 처자식한테 얽매이지 않고 자유롭게 네가 하고 싶은 공부를 하는 네가 더없이 부럽기만 하구나.

이 어미는 다음 생에 다시 태어난다면 지원 스님처럼 스님이 되고 싶단다. 오늘도 새벽에 일어나 내 소원을 대신 이루어준 지원 스님을 생각하면서 부처님께 감사의 기도를 드렸다.

내 몸에서 난 자식이 스님이 됐다는 게 어찌나 자랑스럽든지…. 단 하루도 네 생각을 하지 않은 날이 없다. 부처님께서 내 기원을 들어주신다면 틀림없이 아주 건강하게 잘 수행하고 있을 것이다.

어른 스님들 말씀 잘 듣고, 또 대중 스님들하고 사이좋게 잘 지내야 한다.

사람은 어디를 가나 필요한 사람이 되어야 한다. 힘든 일이든 궂은 일이든 스스로 찾아서 해야 복 받는다.

밥은 제 때 잘 먹고 있지? 어젯밤 꿈속에서 바싹 야윈 네 얼굴을 보고 얼마나 마음이 아팠는지 모른다. 부디 밥 많이 먹고 건강하길 빈다.

눈앞이 흐려져 나머지 글을 읽기가 힘들었다. 조심스럽게 편지지를 잘 접어 봉투에 집어넣고 책상 서랍 깊숙이 밀어 넣었다. 그 순간, 목이 터져라 어머니를 부르고 싶은 충동이 솟구쳐 올랐다.

밤 9시. 삼경 종소리가 울리자 대방이 점등을 했다. 나는 뒤꿈치를 든 채 숨소리도 내지 않고 대방을 빠져 나와 도서관으로 갔다. 일단 도서관 문을 연 다음 내 자리에는 해우소에 간다는 조그만 쪽지를 써 놓고 지대방으로 향했다. 얼마 후 나는 지대방 안으로 조용히 들어섰다. 가슴은 천근 만근, 마치 도둑질이라도 하는 것처럼 뛰었다. 나는 불빛 하나 없는 어두운 방에서 조용히 양말을 신었다. 그리고 간물장에서 몇 개의 동전을 꺼내 속주머니에 집어넣고 조심스럽게 지대방을 빠져

나왔다.

　불영산 깊은 골에 드리워진 깊은 밤. 구름이 달빛을 가려 한 치 앞도 잘 보이지 않는 어둠 속을 헤치고 일주문으로 향했다. 사위는 적막에 젖어 있었다. 산 대나무끼리 부딪치는 음산한 소리, 어두운 숲 속에서 부스럭거리는 산짐승들의 기척에 놀라 몇 번을 멈칫거렸다. 행여 이 밤에 도량 주위를 거니는 사람이 있을까 하여 뒤돌아 보고 또 돌아보며 발걸음을 옮겼다.

　칠흑 같은 어둠에 지척도 보이지 않는 밤길. 지팡이를 잃은 소경처럼 허공을 저으며 한 걸음 한 걸음 내딛을 때마다 천둥을 치듯 울리는 발자국 소리. 간혹 발에 걸리는 돌멩이에도 놀라 구슬땀이 등골을 적셨다. 눈에 들어오는 것은 어둠의 터널뿐이었다. 나는 염불을 외워가며 마음을 달래 보았다. 그리고 발끝의 느낌으로 땅을 더듬어가며 한 치 앞도 보이지 않는 밤길을 걸었다.
　산사를 찾아오는 자동차 불빛이 저 멀리서 다가오면 본능적으로 숲 속에 몸을 숨겼는데 간혹 나뭇가지에 목과 발목을 긁히거나 찔리기도 했다. 차가 지나가면 몸을 일으켜 다시 어둠 속을 걸었다. 나뭇가지 때문에 생긴 상처가 이상하게 조금도 아프지 않았다.
　얼마쯤 걷다가 돌부리에 걸려 균형을 잃고 넘어지는 바람에 몇 차례를 굴렀다. 너무 아팠지만 비명을 지르지도 못한 채 이를 악물어야 했다. 손바닥엔 깨알같은 돌이 박혀 피가 나는지 끈적거렸다. 손바닥을 문지르며 고통이 가실 때까지 잠시 앉아 있다 일어나 일주문을 향해 걸었다.

일주문 앞에 하나 있는 공중전화. 외등 하나 홀로 켜진 그곳에 도착하고 나서야 겨우 안도의 한숨을 내쉬었다. 어둠 속에 귀를 귀울이며 주위를 두리번거리기를 몇 번이고 반복하고는 주위에 아무도 없음을 확인했다. 속주머니에서 꺼낸 동전을 전화기의 작은 구멍에 밀어 넣은 뒤 떨리는 손가락으로 하나하나 번호를 눌렀다. 신호음이 들렸다.

아, 신호음은 왜 이다지도 크게 들리는 것일까.
신호음이 왜 이다지도 길기만 한 것일까.

전화기에서 귀에 익은 목소리가 흘러나왔다. 어머니였다. 나는 그만 눈물이 나와 말을 할 수가 없었다. 어머니가 하시는 말씀에 짧게 대답하는 것이 고작이었다.

정작 하고 싶은 말은 입안을 맴돌았다. 울렁이는 마음을 가까스로 진정 시킨 뒤 입을 열었다.

"어머니…, 편지 잘 받았어요…. 저는 아주 건강해요…. 밥도 잘먹구요. 어머니. 저요, 스님들하고도 잘 지내요…. 어머니, 건강하게 잘 지내세요, 어머니."

전화를 끊고 나는 일주문 앞 작은 등불 하나 켜져 있는 공중전화 부스 앞에 웅크려 앉아 한참 동안 어머니라는 단어를 되뇌이며 가슴이 후련할 때까지 울었다.

발우공양

혜솔 스님은 마침내 시저대를 뒤집어서 실성한 애처럼 동여맨 실을 이빨로 물어뜯었다. 그 모습에 나는 거의 숨이 넘어갈 것만 같았다. 맞은 편에 앉아있는 우리 반 스님들도 억지로 웃음을 참아내느라 야단들이었다. 시저대에 꿰맨 실을 물어 뜯은 혜솔 스님은 빨갛게 얼굴이 상기된 채 이제는 잇새에 낀 실을 뽑아내느라 두 번째 곤욕을 치르고 있었다.

발우공양 시간의 장난이 생각보다 싱겁게 끝나자 또 다시 혜솔 스님을 골탕 먹이고 싶다는 생각이 슬그머니 고개를 내밀었다. 눈에 독기를 품은 혜솔 스님의 귀여운 표정을 다시 한번 보고 싶었다. 그러나 좀더 솔직히 말하자면 틀에 짜인 산중 생활의 스트레스를 풀어 정신적 균형을 유지하려는 악동 기질이 나를 부추기는 것인지도 몰랐다.

　봄볕이 완연한 운동장에서는 모든 대중들이 곧 있을 체육대회 준비를 하느라 축구와 배구 연습이 한창이었다. 나는 반장 스님에게 해우소에 다녀 오겠다고 얘기를 하고 운동장을 빠져 나왔다. 그 길로 달려온 곳은 대방. 마침 광진 스님이 대방을 지키는 소임은 뒷전인 채 책상에 엎드려 골아 떨어져 있었다. 이것이야말로 하늘이 내려준 절호의 기회가 아닌가. 나는 살금살금 선반으로 다가가 혜솔 스님의 발우를 찾아들고 지대방으로 자리를 옮겼다.

　지대방으로 자리를 옮긴 나는 혜솔 스님의 발우를 폈다. 먼저 발우포를 펼치고 차곡차곡 포개진 발우를 꺼낸 뒤 시저대에서 숟가락과 젓가락을 꺼낸 후 시저대를 뒤집었다.

그리고 실을 바늘에 꿰어 숟가락과 젓가락을 신기에 가까운 내 바느질 테크닉을 총동원해 시저대에 꿰매었다. 내가 생각해도 신기에 가까운 바느질 솜씨였다. 나의 장난기 어린 작업은 순식간에 완벽하게 끝났다.

"이 정도면 된 것 같은데. 햐, 진짜 감쪽같네. 으히히히…."

겉에서는 절대 보이지 않게 시저대의 안쪽에서 꽁꽁 홀치기를 한 것이었다. 이 정도면 혜솔 스님이 발우를 펼 때까지 눈치채지 못할 것이 분명했다. 혜솔 스님이 시저대에 꿰매진 숟가락과 젓가락을 빼내느라 끙끙대며 당혹스러워 할 표정을 상상하니 짜릿한 쾌감이 밀려왔다.

나는 발우를 다시 묶은 후 대방으로 돌아가 그것을 제 자리에 올려놓았다. 대방을 지키는 광진 스님은 그때까지 코를 골며 깊은 잠에 떨어져 있었으니 아무런 목격자도 없는 셈이었다.

나는 슬그머니 대방을 빠져 나와 다시 운동장으로 달려갔다. 아직도 운동장에서는 연습 게임이 한창이었다. 나는 태연하게 의자에 앉아 스님들의 축구 게임을 관전했다. 하지만 축구 게임이 내 눈에 들어올 리 만무했다. 사시 공양 시간이 빨리 오기만을 기다릴 뿐이었다. 잠시 후 사시 공양에 일어날 일이 내 머리 속에서 선명한 영상으로 펼쳐졌다.

"호르르륵…."

드디어 심판이 불어대는 호각 소리가 운동장에 울려 퍼졌다. 모두들 땀을 뻘뻘 흘리며 운동장 중앙에 모이고 찰중 스님의 간단한 치사를 듣고 해산을 한 연후에 대방으로 향했다. 그때 혜솔 스님이 쪼르르 내 옆으로 달려와 바짝 다가섰다.

"스님, 오늘 축구가 너무 시시하게 끝났지예?"

"으응? 그래, 되게 못하더라. 스님이랑 나랑 뛰었으면 이겼을 텐데, 그치?"

"그래예. 그런데 와 우리는 쏘옥 빼고 축구를 하는지 모르겠어예. 그래도 지원 스님은 이어 달리기랑 배구에서 선수로 뛰잖아예. 나는 선수로 뛰고 싶어도 끼워주지도 않아예…."

"무슨 선수로 뛰고 싶은데?"

"탁구하고예, 축구하고예, 족구도 하고 싶어예. 그리고 배구도 하고 싶고예."

나는 '야, 니가 다 뛰어라 다 뛰어' 라는 말이 나오는 것을 간신히 참았다. 그러나 한편으로는 이 작은 스님이 제법 욕심도 많고 나이답지 않게 뜨거운 열정을 지니고 있다는 사실도 느낄 수 있었다.

"그런데예. 내가 하고 싶은 것들은 다 키가 커야 되잖아예. 그래서 말이지예 다른 건 포기하더라도 탁구는 정말 하고 싶어예. 그건 키가 작아도 상관 없잖아예. 그렇지예?"

"탁구 시켜 달라고 무량 스님한테 말하지 그래?"

"말했었는데예, 헤헤 웃어가믄서예 반을 위해서 참아 달라카네예."
"정말 탁구에 자신 있어? 탁구는 해봤어?"
"예 몇 번 해봤어예."
"몇 번 가지곤 힘들지. 다들 몇 년을 닦아온 기량들인데."
"지원 스님이랑 연습하면 되잖아예."
"나랑?"
"예. 저도 연습하면 누구보다 잘할 자신이 있어예."
"그래?"
"저랑 연습 같이 해줄꺼지예?"
"그…, 그래. 언제 시간 나면….''

혜솔 스님의 해맑은 눈을 보고 있으려니 조금 전, 발우에 장난을 친 것이 마음에 걸렸다. 사실 내가 혜솔 스님에게 장난을 친 것은 별다른 이유는 없었다. 단지 혜솔 스님이 지금으로선 나와 가장 가까운 도반인 데다가 서로의 우정이 돈독하다고 생각했기 때문이었다. 그런 혜솔 스님이 체육대회에서 어리다고 따돌림을 당하고 있으니 너무도 안쓰러웠다. 그래서 어떤 식으로든 혜솔 스님을 도와주어야겠다는 생각이 들었다.

"정말 자신 있는 거지?"
"예?"
"탁구 말이야, 탁구."

"물론이고 말고예."

"그럼 오늘 점심부터 연습하자. 자유 정진 시간에. 음…, 그리고 소임 시간에도 빨리 소임 마치고 연습에 들어가자, 알겠지?"

"참말입니꺼?"

혜솔 스님의 얼굴이 금세 환해졌다.

"그래. 연습 시간 어기지 말고."

"예, 스님."

"그리고 우리 연습하는 건 일단 비밀로 하자. 다른 스님들이 알면 말이 나올 테니까."

"예. 저요, 정말 열심히 할 꺼라예, 정말이라예."

혜솔 스님은 두 팔을 기운차게 흔들며 저만치 있는 대방을 향해 달려갔다.

"나 참, 애는 역시 애라니까."

나도 모르게 피식 웃음이 새어나왔다.

공양 시간이 되었다. 입승 스님의 죽비가 내려지자 대중 스님들이 일제히 발우를 펴기 시작했다. 내 옆자리에 앉은 혜솔 스님도 발단을 편 다음 포개진 발우를 하나 둘 꺼내어 발단 위에 올려놓았다. 다음은 시저대에서 숟가락과 젓가락을 꺼낼 차례였다. 나는 발우를 펴며 곁눈질로 혜솔 스님의 표정을 살폈다.

시저대에 꿰맨 숟가락과 젓가락이 나올 리 없었다. 혜솔 스님은 당황한 듯 표정이 묘하게 일그러졌다. 한참동안 시저대와 씨름하던 혜솔 스님은 비로소 상황을 이해한 듯 황당한 표정인가 싶더니 이어 거의 울상이 되었다.

참으려고 해도 속에서 웃음이 터져 나오려고 했다. 나는 눈을 감은 채 어금니를 악물고 허벅지를 꼬집어가며 억지로 웃음을 참았다. 혜솔 스님은 마침내 시저대를 뒤집어서 실성한 애처럼 동여맨 실을 이빨로 물어뜯었다. 그 모습에 나는 거의 숨이 넘어갈 것만 같았다. 맞은 편에 앉아있는 우리 반 스님들도 억지로 웃음을 참아내느라 야단들이었다. 시저대에 꿰맨 실을 물어 뜯은 혜솔 스님은 빨갛게 얼굴이 상기된 채 이제는 잇새에 낀 실을 뽑아내느라 두 번째 곤욕을 치르고 있었다.

'뭐해? 빨리 일어나 행익하지 않고.'

나는 혜솔 스님에게 어서 일어나 천수물을 따르러 가라는 뜻으로 눈짓을 했다. 혜솔 스님은 흥분된 표정으로 자리에서 벌떡 일어나 씩씩거리며 차관이 놓인 후원 문 쪽으로 갔다. 모든 것이 상상했던 그대로 눈앞에 펼쳐지고 있었다. 킥킥거리며 공양을 하니 그렇지 않아도 꿀맛 같은 공양이 더욱 맛있게 느껴졌다.

사시 공양을 끝낸 상반 스님들이 먼저 발우를 선반에 올려놓고 자유 정진을 즐기러 지대방으로 빠져나갔다. 대방에는 우리 반 스님만 남았다. 일 분 회의 때문이었다. 우리 반은 수업을 마치거나, 사시 공양이 끝나면 언제나 모여서 일 분 회의를 해오고 있었다. 그 시간에 나누는 이야기는 매일 상반으로부터 전달받는 지시 사항이나 지적들이 대부분인데, 간혹 생활에서 불편한 점이나 개선해야 할 점을 건의하기도 했다.

 입이 뽀로통해진 혜솔 스님은 눈에 독기를 품고 반 스님들을 번갈아가며 노려보았다. 그런 혜솔 스님의 얼굴을 보는 것만으로도 좀 전의 일이 떠올라 웃음이 나왔다. 그런데 맞은편에 앉은 하판 스님들은 그 일 따위는 아랑곳 없이 조금 심각한 분위기였다.

 "청암, 한 말씀 드리겠습니다. 앞쪽에 앉아 계신 월봉 스님. 스님께서 반찬을 다 거둬 드시면 저는 어쩌란 말입니까? 저는 며칠째 맨밥만 먹었습니다. 앞으로는 아래 좌차를 생각해서라도 적당히 반찬을 드셨으면 합니다."

 청암 스님의 말을 받아 원묵 스님도 불만을 터트렸다.

 "저도 한 말씀 드리겠습니다. 말이 나왔으니까 말인데 월봉 스님 해

도해도 너무 하십니다. 스님의 입장에서 먹는 거 가지고 말하는 게 도리가 아닌 줄 압니다만 저 역시 오늘도 맨밥만 먹었습니다. 이상입니다."

오늘과 똑같은 일은 지난 주에도 있었다. 그때 월봉 스님이 시정하겠다고 한 것으로 기억하는데 오늘도 또 다시 똑같은 일이 반복된 것이다. 청암 스님과 원묵 스님의 얘기를 들어보니 한참 오래 전부터 계속된 일인 모양이었다. 상황을 좀더 자세히 설명하면 이렇다.

발우공양은 좌차대로 다섯 명에게 하나의 찬상이 주어진다. 그 찬상에는 네 가지의 반찬이 들어 있는데 다섯 스님이 고루 나눠 먹을 수 있을 정도로 충분하다. 찬상 중 첫번째로 앉은 사람이 반찬을 독식하게 될 경우 나중 좌차 스님들은 맨밥만 먹어야 한다. 월봉 스님의 경우 발우공양을 할 때 다섯 명 중에 첫 좌차이기 때문에 찬상을 맨 처음 받게 된다. 그런데 월봉 스님이 반찬을 매번 독식한 것이다. 결국 사건의 발단은 월봉 스님의 식탐 때문이었다.

"킁… 이 시님들이, 지금 뭐라 캤는교. 킁…, 뭐 내가 반찬을 다 묵었다꼬? 이 시님들이 생사람을 잡는구마. 킁…, 그래 묵었다, 묵었어. 배고파서 묵은 거 우짤낀데, 응 우짤끼냐꼬?"

월봉 스님이 고함을 지르는가 싶더니 자리에서 일어나 험악한 얼굴로 청암 스님과 원묵 스님이 앉은 자리로 달려갔다. 당장 싸움이라도 벌어질 것 같은 상황이었다. 이때 반장인 무량 스님이 재빠르게 자리에서 일어나 중재를 했다.

"스님들. 대방에서 이게 무슨 짓들입니까? 어서 자리에 앉으세요."
"큿…, 큿…. 무량 스님도 보셨지예. 억울합니다, 억울해."
"빨리 자리에 앉아요. 상반 스님 눈에 띄기 전에. 어서!"
월봉 스님이 흥분을 삭이지 못한 채 자리에 앉자 무량 스님이 정색을 하며 말했다.
"제가 한 말씀 드리겠습니다. 요즘 들어 슬슬 날씨가 더워지니까 스님들이 정신을 못 차리고 있는 것 같은데요. 생활이 해이해지지 않도록 정신 바짝 차리고 삽시다. 그러잖아도 요즘 들어 상반 스님들이 벼르고 있는 것 같은데 빈틈 보이지 말고 철저하게 살자구요. 이상입니다. 아참, 월봉 스님. 자유 정진 시간에 저 좀 잠깐 봅시다."

공양을 마치고 나는 혜솔 스님과 함께 운동장의 한 쪽 구석에 있는 작은 체육실로 들어갔다. 체육실에는 두 개의 탁구대가 있었다. 뜀뛰기로 간단히 몸을 푼 뒤 나와 혜솔 스님은 본격적으로 탁구 연습을 했다.
"스님예, 살살 치시라예."
"살살 치잖아. 다른 스님들은 얼마나 빨리 치는데. 이건 아무 것도 아니라구."
"그래예? 그럼 그대로 하세예."
"생각보다 잘 하는데? 혜솔 스님."
"과찬이라예. 언능 공 보내이소."

탁구를 치는 중에 갑자기 월봉 스님이 떠올랐다.
"아까 말야, 공양 시간 말인데…."
"제 발우에 누가 손댔을까예?"
가슴이 뜨끔했다. 나는 얼른 말머리를 돌렸다.
"그 얘기 말고…. 아까 스님들이…."
"월봉 스님예?"
"응."
"그 스님은 조금 이상해예."
"뭐가 이상한데?"
"방구장이라예."
"방구장이?"
"내 옆 자리에서예 어찌나 뀌어대는지 정신이 하나도 없어예."
"하긴 그렇지. 그 스님 방구를 좀 심하게 많이 뀌더라."
"그래서 그 스님한테 별명을 붙여 주었어예."
"방구장이?"
"미운 오리 스님예."
"왜 미운 오리 스님인데?"
"미운 짓만 골라하고예, 매일 코를 킁킁거리고, 잘났다고 꽥꽥 소리만 지르니까예."
"그래도 미운 오리는 나중에 백조가 되잖아. 나 같으면 월뽕 스님이라고 하겠다. 그래 월뽕이 어울리겠다."

"먹보 돼지."
"스컹크."
"쿵쿵이."
"풀린 똥구멍."
"히히히히…. 바보."
"하하하하…. 천치."

　오후 간경 시간을 마치면 곧바로 소임 시간이다. 시간은 참 빨리 흐르기도 하지. 하루 세 번 예불에 삼 시 세끼 공양하고, 소임, 울력만 해도 하루가 금방 가버리니 말이다.
　발우공양 시간의 장난이 생각보다 싱겁게 끝나자 또 다시 혜솔 스님을 골탕 먹이고 싶다는 생각이 슬그머니 고개를 내밀었다. 눈에 독기를 품은 혜솔 스님의 귀여운 표정을 다시 한번 보고 싶었다. 그러나 좀더 솔직히 말하자면 틀에 짜인 산중 생활의 스트레스를 풀어 정신적 균형을 유지하려는 악동 기질이 나를 부추기는 것인지도 몰랐다. 그것은 거부하기 힘든 유혹이었다.
　모두들 소임 때문에 바쁜 틈을 타서 대방에 숨어들어 혜솔 스님의 발우를 들고 지대방으로 갔다. 이번에는 테이프 작전을 시도해 볼 작정이었다.
　나는 네 개의 발우 밑바닥에 동그랗게 만 테이프를 일일이 붙인 다음 꼭꼭 눌러 발우를 포개 놓았다. 네 개의 발우가 테이프로 인해 꽉

붙었음을 확인한 뒤 발우를 쌌다. 조금 후 저녁 공양 시간에는 어떤 일이 벌어질까. 잠시 머리 속에 떠올려 보았다. 고요함을 생명으로 하는 공양 시간에 테이프가 붙은 발우를 서로 떼어내려면 엄청난 파열음이 생길 것이다. 이후 발생하게 될 사태에 대해서 조금은 걱정이 되기도 했지만, 혜솔 스님의 당황스런 모습을 상상하면 참회조차 즐거울 지경이었다. 나는 아무도 모르게 혜솔 스님의 발우를 대방에 가져다 놓았다. 회심의 미소를 지으며 소임 장소인 도서관으로 가다 각인 스님과 마주쳤다. 아직 장난기가 채 가시지 않은 내 표정을 각인 스님이 낌새를 챘는지 추궁하고 나섰다.

"무슨 좋은 일이라도 있남유?"

"예? 좋은 일이라니요. 헤헤헤…."

나는 짐짓 시치미를 뗐다.

"좋은 일이 있으면 함께 나누자구유…. 혼자만 좋아하지 말구유."

"곧 알게 될 거예요, 각인 스님."

"그게 무슨 말인디유?"

"저 빨리 도서관 청소 해야 돼요. 이따가 뵈요."

"뭐가 있긴 있는 모양인디…."

각인 스님을 뒤로 하고 나는 도서관으로 걸음을 재촉했다.

드디어 저녁 공양 시간이 되었다. 입승 스님의 죽비가 내려지자 일제히 발우를 펴기 시작했다.

발우포를 열던 혜솔 스님이 발우가 떨어지지 않자 날카로운 눈빛으로 주위를 둘러보았다. 그리고 조심스럽게 발우를 들자 테이프 떨어지는 소리가 약하게 들렸다. 혜솔 스님은 소리 때문에 멈칫했다. 난감해 하는 혜솔 스님의 표정이 너무 재미있었다. 이윽고 혜솔 스님은 결심한 듯, 힘차게 발우를 떼어냈다. 조용한 대방에 갑자기 파열음이 들리자 대중 스님들이 전부 혜솔 스님을 주시했다. 그때 각인 스님이 나를 보며 빙긋 웃었다. 내가 한 짓이라는 것을 눈치챈 것이었다.

결국 혜솔 스님은 세 차례나 정적을 깨뜨리는 파열음을 낸 끝에 비로소 발우를 펼칠 수 있었다. 파열음이 들릴 때마다 맞은 편에 앉은 스님들은 얼굴이 붉어질 정도로 웃음을 참느라 안간힘을 써야 했다. 홍당무처럼 얼굴이 빨갛게 달아 오른 혜솔 스님은 고개를 숙인 채 두 눈을 꼭 감고 어찌할 바를 모르고 있었다.

대방에 차관이 들어오자 차관을 따르는 조인 하판 스님들이 자리에서 일어나 천수물을 따르기 위해 일제히 자리에서 일어났다. 그 중에 혜솔 스님이 끼어 있었다. 그때 내 옆에 앉아있던 각인 스님이 갑자기 혜솔 스님을 뒤쫓아갔다. 순간 이상한 생각이 들었다. 차관을 나르는 조가 아닌 각인 스님이 일어선 것이 수상쩍었다. 각인 스님이 문간에서 혜솔 스님에게 무언가 귓속말로 속닥거리는 것이 보였다.

'으휴, 저 고자질쟁이.'

숭늉물을 들이라는 죽비가 울리자 혜솔 스님은 차관을 들고 상판 스님들부터 차례대로 숭늉을 따라 주었다. 숭늉은 김치 조각으로 발우를 헹구어 깨끗이 입가심을 해야 할 물이다. 드디어 혜솔 스님은 미소를 띠고 내 자리로 다가왔다. 나는 발우를 들고 혜솔 스님이 따라 주는 숭늉을 받았다. 발우에 어느 정도 숭늉이 차자 나는 발우를 흔들었다. 발우를 흔들어 보이면 그것으로 그만 따르라는 신호였다. 그러나 내가 아무리 발우를 흔들어도 혜솔 스님은 독기 어린 눈으로 나를 노려보며 차관을 기울여 계속 숭늉을 붓는 것이 아닌가.

고요함이 생명인 발우공양 시간에는 시작부터 마치는 시간까지 절대 묵언이다. 나는 혜솔 스님이 줄기차게 부어주는 숭늉을 그만 따르라고 말을 할 수가 없었다.

발우에 가득 담긴 엄청난 숭늉을 보고 있으니 눈앞이 아찔해졌다. 나는 언제나 국을 많이 먹는 편이라 평소에 숭늉은 적게 받는 터였다. 결국 나는 발우에 찰랑찰랑 넘칠 정도의, 그러니까 약 일 리터 가량의 숭늉을 마실 수밖에 없었다. 발우에 담긴 것은 물 한 방울이라도 전부 먹는 것이 규칙이기 때문이었다.

목까지 넘어오는 물을 억지로 삼키느라 두 눈이 핑그르르 돌 것 같았고 배는 맹꽁이처럼 불러 올랐다.

각인 스님의 고자질로 나의 완전무결한 작전은 어이없는 실패로 끝났고 오히려 내가 혜솔 스님의 반격에 제대로 걸려든 꼴이 돼버렸다.

저녁 예불 시간 내내 물로 채워진 배를 움켜쥐고 해우소를 갈 생각을 하니 눈 앞이 캄캄했다.

이윽고 저녁이 되자 자유 정진 죽비가 내려졌다. 그때 혜솔 스님이 내게 다가와 싱긋 웃으며 말을 건넸다.
"스님예, 탁구 치러 안가예?"
"탁구?"
"약속 잊었어예? 자유 정진 시간이면 언제나 가기로 했잖아예."
"그래…."
'참 그 녀석도…. 속이 넓은 건지 아직 애라서 저러는 건지. 나 같으면 속이 뒤집어져서 얼굴도 보기 싫을 텐데, 함께 탁구 칠 맘이 생길까….'
속으로 중얼거리다 가만 생각해보니 나보다 어린 스님의 마음 씀씀이가 놀랍다.

나는 혜솔 스님과 함께 운동장이 있는 문수대로 갔다. 길을 걸어가는 동안 공양 시간에 있었던 일로 쑥스러워 선뜻 말을 꺼내지 못하고 있는 내게 혜솔 스님이 방실방실 웃으며 먼저 말을 걸어왔다.
"믿는 도끼에 발등 찍히도 지는 괜찮아예."
"…… 나…도."
"각인 스님하고 사이좋게 지내세예."

"으응? 무슨 말이야?"
"나는 벌써부터 스님이 그랬는지 알고 있었어예."
"어떻게… 알고 있었는데?"
"이 강원에서 누가 나한테 그런 관심을 가지고 장난을 치겠어예."
"……."
"쫀쫀하게 시저대에 바느질 할 스님은 이 강원에 스님밖에 없는기라예. 그라고 지를 진정한 도반으로 생각하는 스님도 이 강원에서 스님밖에 없거든예."
"화…, 안났어?"
"그 순간에는 화가 났지만서도, 내 발우에 손댄 스님이 지원 스님일 거라는 생각을 하니깐 금세 풀어지데예."
천진난만하면서도 어쩌면 생각이 이토록 깊을 수가 있단 말인가. 나는 혜솔 스님의 손을 잡아주고 싶은 생각이 들었다.
"그래도 가급적이면 대중 스님들 앞에서 들키지 않게 적당히 장난 치시라예. 오늘도 지는 스님이 대중 참회할까봐 가슴이 조마조마했어예."
"앞으론 장난 안 칠게…."
이 말은 진심이었다.
"스님이 나 골탕 먹이고 기분이 좋으면 됐어예. 지는 기분 하나도 안 나빠예."
"정말?"

"아주 어쩌다가 아니 가끔씩은 지한테 관심을 가져줬으면 해서예…."

"그럼 가끔씩 장난을 쳐야 되겠네."

"지도 당하고만 있지는 않을낀께 스님도 기대하고 계시라예. 헤헤헤…."

"뭐라고? 하하하…."

어느새 해는 서산 너머로 뉘엿뉘엿 지고 있었다. 하늘은 저녁 노을로 온통 붉게 물들었고 발 밑으로는 서서히 땅거미가 드리워졌다. 오솔길을 따라 걷고 있는 두 그림자는 성큼 길어지고 있었다. 마치 깊어져 가는 우리 도반애처럼….

너무나 아름다운 그녀

따스한 햇살이 아름다운 빛깔로 내 찻잔 속에 머물러 있는 것처럼 나도 눈이 부시게 아름다운 순간 속으로 흠뻑 빠져드는 것 같았다. 이렇게 가만히 앉아있는 것만으로도 가슴 뿌듯한 충만감이 느껴지는 건 무슨 까닭일까.

강의 시간에도, 간경 시간에도 경책을 펼칠 때마다 책 위로 피어오르는 그녀의 얼굴은 내가 처음 만난 가슴 떨리는 세계였다. 먼발치서 그녀를 보는 것만으로도 참으로 행복했다. 그렇다. 시시때때로 그녀의 모습이 떠오를 때면 시야를 뿌옇게 하는 몽환적인 기분을 차마 떨칠 수가 없었다. 이것이 내게 찾아온 첫사랑이라는 것일까?

총림사 강원 전 대중들이 온통 술렁거렸다. 새로 법당 화주 소임으로 온 묘령의 여인 때문이었다. 그동안 신심을 내어 법당에서 화주 소임을 보던 노보살님이 병가를 내게 됐을 때 자신의 손녀딸을 잠시 그 자리에 앉힌 것이다. 선배 스님들의 얘길 들어보면 역대 화주 소임자들은 나이가 지긋한 노보살님들이었다고 한다. 그런 전통에 비추어 보면 젊은 화주 보살이 새로 온 것은 대단한 이변이라고 해도 좋을 듯 싶다.

그러나 따지고 보면 절에도 아가씨는 있다. 총림사의 경우에도 종무소, 서점 등에 이미 여러 명의 아가씨가 근무를 하고 있다. 그러니 젊은 화주 보살이 들어왔다고 해서 굳이 호들갑을 떨며 입방아를 찧을 일도 아니었다. 하지만 이번 화주 보살의 경우 유독 이변이라고 스님들이 말하는 이유는 그녀가 장안에서도 보기 드문 절세 미인이라는 점 때문이었다.

서울의 K대 국문과 출신인 그녀 이름은 강은희. 절에서 불리는 그녀의 법명은 연화심이었다. 법명처럼 어여쁜 그녀의 나이는 26살. 세속적으로 말하자면 한창 물이 오른 처녀였다.

내가 이토록 그녀에 대해 상세하게 알게 된 것은 좁디좁은 총림사 울타리 안에서 나도는 소문을 고스란히 들은 탓이었다.

지대방의 자유 정진 시간이면 스님들은 온통 연화심에 대한 이야기로 시간 가는 줄 몰랐다. 지경 스님이 호기심 가득한 눈으로 내게 물었다.

"니 봤나?"

"누구요?"

"새로 온 화주 보살 말이다."

"얼굴은 자세히 못봤는데, 미인이라면서요?"

"고마 가가 보통 미인이 아니드라. 내사 마 오늘에서야 정면으로 얼굴을 마주봤는데 마! 눈앞이 아찔하더라."

과묵한 현우 스님도 은근히 화제에 끼어들었다.

"시님도 봤습니꺼. 지도 봤는데예 지는 무신 마네킹을 보고 있는지 착각할 정도 아녔겠습니꺼. 심장이 멎는 줄 알았다니까예."

이 짜릿한 화제에서 빠질 각인 스님이 아니었다.

"나두 법당을 지나가다 옆에서 슬쩍 넘겨 봤는데유. 코가 오똑하니 피부도 하예가지곤 영화배우 저리 가라로 곱드라구유. 말하는 목소리도 은쟁반에 옥구슬 굴러가는 소리든디…. 안그려유, 지문 스님?"

지문 스님은 환갑을 바라보는 나이답게 여자한테는 전혀 관심이 없다는 듯 퉁명스럽게 한 마디 했다.

"시방 지금 뭔 소리들 한당가? 여자 첨보남. 스님들이 되가지고서리 뭔노무 씨잘 때 없는 소릴…. 쯧쯧쯧…. 그렇게 할 일들 없으면 잠이나 자랑께."

그녀의 출현으로 잔잔하던 강원 지대방은 묘한 활기가 넘쳤다. 그동안 얘깃거리가 없어 입이 근질근질하던 스님들은 너도나도 한 마디씩 거들었다. 이제는 반장인 무량 스님조차 소임을 잊고 화제에 끼어들었다.

"연화심이 절 하는 거 봤어?"

"어떻게 절 하는데요?"

"햐아 고거, 정말 야드러지게 절을 하도만. 자 봐."

무량 스님은 몸을 배배 꼬며 그녀가 절하는 시늉을 했다.

"내 몸으로는 도저히 표현이 불가능하네."

스님들이 저마다 킥킥대며 웃었다. 그러자 무량 스님은 신이 나서 말을 이었다.

"예쁘게 절을 하면 보기도 좋지. 신심도 나고."

지문 스님이 무량 스님을 보며 혀를 찼다.
"무량 스님. 총림사를 대표하는 화주 보살 이름에 먹칠을 해도 유분수지. 고마 치아불랑께."
진호 스님도 나섰다.
"연화심은 인사성도 바르더라고요. 오늘도 세 번이나 도량에서 만났는데 그 때마다 두 손을 곱게 모으고 깊이 합장 반 배를 하더라구요."
월봉 스님이 킁킁대며 부러워 하는 기색을 감추지 않았다.
"킁…, 킁…. 스님은 운도 좋네예. 하루에 세 번씩이나 만났다 카이…. 내는 일부러 연화심 보러 법당 쪽을 지나쳐가도 번번이 헛탕만 첫뿌린는데…."
"월봉 스님. 나잇값 좀 하세요."
"킁…. 차분하게 생겼다는 둥, 한국의 여인상이라는 둥, 킁…. 어제도 입이 닳도록 칭찬을 늘어놓더니만. 오호라 진호 스님이 맴이 있는 거 아입니꺼?"
월봉 스님이 하필 그때 지대방이 떠나갈 듯 방귀를 뀌었다.
"으휴, 또 방귀…."
스님들이 일제히 웃었다. 그 웃음소리가 여느 때와는 다르게 묘하게 들떠 있었다. 그런데 지문 스님이 기어이 흥을 깨고 말았다.
"씨잘떼기 없는 소리들 고만 허고 어여들 자리 지키러 대방에들 가 장께."

연화심 보살이 총림사에 발을 들여놓은 후 하루도 그녀에 대한 화제가 오르지 않은 적이 없었다. 하기야 군대처럼 남자들만 살아가는 이 강원에 꽃다운 여인이 출현했다는 것은 가히 충격적인 사건이 아닐 수 없었다.

연화심을 보기 위해 쉬는 시간이 되면 어김없이 법당 주위를 맴도는 스님도 생겼을 정도였다. 급기야는 대중 공양 과일을 숨겨 두었다가 그녀에게 가져다 주는 스님, 하루종일 법당에 앉아 있으면 심심하다며 책을 선물하는 스님, 심지어는 산에서 들꽃을 꺾어다 바치는 스님까지 있었다. 그런가 하면 강원 생활에서 조금은 자유로운 최고 상반 스님들이 그녀를 데리고 마을로 내려가 식사를 하고 오는 것을 목격하고 가슴 아파하는 하반 스님도 있었다.

어느덧 연화심은 강원 스님들의 관심 제 일 호가 되어 버렸다.

나 역시 그녀에게 전혀 무관심했던 것은 아니었다. 언제부터인가 좋든 싫든 예불 때마다 법당에서 그녀를 볼 수밖에 없었다. 법당 한 켠에 좌복을 깔아 놓고 다소곳이 앉아 예경 시간을 기다리는 그녀를 처음 보았을 때는 기도를 드리러 온 신자인 줄 알고 무관심하게 보았다. 그러나 여러 스님들이 침이 마르도록 이야기를 하자 나도 모르게 관심이 가기 시작한 것이다.

그러던 어느 날. 나는 새로 나온 책을 구경하기 위해 총림사 안에 있는 서점에 잠시 들렀다.

책 구경을 하고 서점을 나오다가 잠시 다른 생각이라도 했는지 그 앞을 지나가는 그녀와 정면으로 부딪치고 말았다. 그것은 이미 전생에 맺어진 피할 수 없는 운명과도 같은 인연이었을 것이다. 그녀는 손에 들었던 쟁반 위의 제기들을 땅바닥에 쏟으며 가녀린 꽃잎처럼 힘없이 넘어졌다. 나 역시 엉덩방아를 찧으며 바닥에 주저앉았다.

아주 잠깐의 순간이었다. 그녀의 눈과 나의 눈이 마주치게 된 것은. 그 순간, 시간이 정지되어 버린 느낌이 들었다. 마치 진공 공간 속에 갇히기라도 한듯 아무 소리도 들리지 않았다. 나 혼자만의 느낌이었을까. 번쩍이는 섬광처럼 등골을 오싹하게 하는 이 전율. 난생 처음 느껴보는 기묘한 감정이 엄습해 왔다.

몸을 일으킨 그녀는 잔뜩 겁을 먹은 표정으로 주섬주섬 제기들을 주워 모았다. 나도 퍼뜩 정신을 가다듬고 여기저기 떨어져 있는 제기들을 줍기 시작했다. 나는 떨리는 목소리로 조심스럽게 말했다.

"죄송해요."

"아니에요. 제가 실수한 걸요."

"다른 생각을 하는 바람에 그만…."

"저도 주의가 부족했어요."

"어쩌지요. 제기가 두 개나 부러졌는데."

"별 수 없지요."

흙 묻은 제기들을 쟁반에 담은 후 그녀는 살며시 고개를 숙여 인사를 하고 공양간으로 향했다. 나는 물끄러미 그녀의 뒷모습을 바라보았다. 마치 몽둥이로 뒤통수를 얻어맞은 듯 아무 생각이 나지 않았다. 그렇게 그녀가 공양간 모퉁이로 사라질 때까지 나는 넋을 잃은 사람처럼 그 자리에 서 있었다.

이튿날 나는 자유 정진 시간에 스님들이 낮잠을 자고 있는 틈을 타 슬그머니 지대방을 빠져나와 법당으로 갔다. 왠지 그녀에게 다시 사과를 해야겠다는 생각이 들어서였다. 법당을 향해 오르는 계단에서 우리 반 대경 스님과 마주쳤다. 대경 스님은 얼굴이 발갛게 상기된 채 흐뭇한 미소를 지으며 계단을 바삐 내려오고 있었다.
"어, 스님?"
"그래. 좋은 하루."
대경 스님은 평소 때와는 달리 매우 밝은 표정이었다. 조금 의아했지만 그냥 계단을 올라 법당으로 향했다. 법당문 앞에 다다르자 이상하게도 부끄러운 생각이 들어 차마 안으로 들어설 수가 없었다. 사과를 하러 오기는 왔지만 막상 그녀를 대하려니 왜 이렇듯 가슴이 뛰고 부끄러운 생각이 드는지 알 수 없었다. 법당 문고리를 잡고 한참을 망설이고 있을 때 누군가 안에서 법당문을 밀어내며 나오는 것이 아닌가. 바로 연화심 보살이었다.

"어머, 죄송합니다. 누가 있는지 몰랐어요."
"아니에요. 그러잖아도 법당 안으로 들어가려고 했습니다."
"들어오세요, 스님."
"예."

우선 불단에 삼배를 드렸지만 다음 행동을 어찌해야 좋을지 몰라 신장 탱화 앞에서 하릴없이 머뭇거리기만 했다. 그런 내 마음을 읽었는지 그녀가 빙그레 미소를 지었다. 나는 용기를 내어 법당 한쪽에 자리 잡은 그녀의 앉은뱅이 책상 쪽으로 다가갔다. 작은 책상 위에는 화주 장부가 한 켠에 놓여져 있고 그 옆 원고지 위에 빨간 만년필이 햇살을 받아 유난히 반짝이고 있었다. 나는 마른침을 삼킨 다음 용기를 내어 입을 열었다.

"저어…."
"스님. 어제 저랑 부딪치신 스님이시지요?"
"예. 실은 다시 한번 사과 드리려고 왔어요. 저 때문에 제기가 부러졌는데 혹시 원주 스님께 야단 맞지는 않았나요?"
"스님께서 사과는 무슨 사과예요. 제 잘못도 큰 걸요. 스님 우선 좀 앉으세요."
"예? 예."
"법당 안이 추워서 녹차를 보온병에 담아왔는데 드시겠어요?"
"예? 예."

활짝 열린 어간 문으로 따스한 햇살이 스며들어 왔다. 흙으로 빚은 잔에 졸졸 따르는 녹차의 빛깔이 참 고왔다. 뭉게구름처럼 피어오르는 김 사이로 보이는 그녀의 모습도 참으로 아름다웠다.

"자, 스님…."

연화심 보살이 차를 건넸다.

"잘 마시겠습니다."

"스님께서는 좋으시겠어요. 이렇게 좋은 절에서 공부를 하고 계시니까요."

"좋지요. 산이 깊어서 더더욱…."

"저도 늘 이렇게 절에서 살고 싶어요."

"그럼 출가하시지 그러세요."

"아직 제가 부족한 점이 많아서요."

"누구는 날 때부터 스님이 됐나요? 마음이 생기면…."

"전 스님처럼 그다지 건강하지 못하거든요."

나는 아까부터 궁금했던 원고지에 대해 물었다.

"글을 쓰시고 계신가 봐요. 원고지가 있네요."

"졸필이지만 틈틈이 시를 쓰고 있어요. 우두커니 법당만 지키는 시간이 많으니까요. 뭔가 성취감도 생기고 해서요."

"예…."

"이곳엔 참 좋으신 스님들만 계신 것 같아요. 마음도 넉넉하시고 늘 밝은 미소를 지으시고…."

"예? 하하하하…. 그렇지요, 뭐."
"스님께선 유난히 어려 보이는데…, 나이가 어떻게…."
"스님한테 나이를 묻는 것은 실례인데요."
".죄송해요, 버릇없이 굴어서. 그럼 법명은…."
"지원입니다. 뜻 지자 둥글 원자를 쓰지요."
"예…."

 그 대화를 끝으로 또 다시 침묵이 흘렀다. 따스한 햇살이 아름다운 빛깔로 내 찻잔 속에 머물러 있는 것처럼 나도 눈이 부시게 아름다운 순간 속으로 흠뻑 빠져드는 것 같았다. 이렇게 가만히 앉아있는 것만으로도 가슴 뿌듯한 충만감이 느껴지는 건 무슨 까닭일까.

 따스한 정오. 법당에서 그녀와 함께 차를 마신 그날 이후 단 한 번도 대화를 나눌 수는 없었지만 하루 세 번의 예불 때마다 그녀를 보면 오래된 친구처럼 더없이 친근하게 느껴졌다.
 예불 시간에 법당에 들어설 때마다 곁눈질로 그녀를 보면 그녀도 미소를 띠며 화답을 했다. 그녀 역시 내게 관심을 가지고 있다는 확신까지 들었다.
 나에게 봄바람이 불어온 것일까?
 날이 갈수록 가슴 깊은 곳에서 연화심 보살에 대한 연정의 싹이 돋아나고 있음을 느꼈다. 그녀를 위해 뭔가를 주고 싶은 마음이 생겼다. 자유시간 내내 숲을 뒤져 찾은 행운의 네 잎 클로버. 그녀가 법당 자리를 비운 사이 아무도 모르게 내 마음의 작은 흔적을 그녀의 원고지 사이에 끼워 놓았다.

강의 시간에도, 간경 시간에도 경책을 펼칠 때마다 책 위로 피어오르는 그녀의 얼굴은 내가 처음 만난 가슴 떨리는 세계였다. 먼발치서 그녀를 보는 것만으로도 참으로 행복했다.

그렇다. 시시때때로 그녀의 모습이 떠오를 때면 시야를 뿌옇게 하는 몽환적인 기분을 차마 떨칠 수가 없었다. 이것이 내게 찾아온 첫사랑이라는 것일까?

대경 스님과 연화심 보살

대경 스님은 그날 밤 봇짐을 싸들고 총림사를 떠났다. 떠난 것은 대경 스님뿐이 아니었다. 연화심 또한 저녁 예불 시간 이후 다시는 볼 수 없었다. 도의적인 책임을 지고 절을 떠났다는 소식을 접한 것은 며칠 후의 일이었다. 나는 빨간 만년필을 지금도 간직하고 있다. 만일 다시 만날 수 있다면 연화심 보살에게 그것을 돌려주고 싶다. 그 만년필은 아마도 이 세상에서 가장 아름다운 시를 쓰는 그녀에게 어울릴 것 같기 때문이다.

"화주 보살 주위에 강원 스님들이 할 일 없이 서성거린다고 익히 들어왔어요. 치문반 스님들 정신 바짝 차리고 들으세요. 모두들 출가 정신을 잊고 두 눈이 흐리멍덩해져 있어요. 자기 본분사를 잊고 살아가는 스님을 어떻게 수행자라 할 수 있소. 절 집에 들어와서도 속세의 습관을 버리지 못하고 청정한 수행 도량을 더럽히는 것이 말이 되느냔 말이오. 저런 스님 때문에 우리 총림사의 소문이 나빠지게 되고 결국 우리의 위용이 땅에 떨어지는 게요."

연화심 보살이 총림사에 온 지 벌써 한 달이 지났다. 강원의 분위기는 단오절 체육대회 준비로 한층 술렁거렸다. 스님들은 오전 강의를 마친 후 운동 연습을 하기 위해서 운동장에서 많은 시간을 보냈다. 그런 이유로 저녁 예불을 마치고 나면 취침 시간까지 자주 자유 정진의 시간이 주어졌다.

한밤의 자유 정진 시간에는 경공부를 하는 일부 공부벌레 스님을 제외하고는 대부분 지대방에 모여앉아 차담을 나누었다. 그날도 우리 반 스님들은 현우 스님이 펼쳐 놓은 다상에 둘러앉아 한가로운 차담 시간을 즐기고 있었다.

"오늘 마시는 차는 기가 막히게 좋네요, 현우 스님."

"이게 100년 묵은 보이차 아입니꺼."
"그런 귀한 차는 다 누가 보내 줘요, 스님?"
"누가 보내기는요. 다 좋은 인연들이 보내주지예."
"좋은 인연?"
각인 스님이 실없는 농담을 던졌다.
"현우 스님, 어디 숨겨둔 애인이라도 있는감유?"
"스님이 무신 애인…. 후후후…."
문득 지대방을 둘러보던 지문 스님이 대경 스님을 찾았다.
"근데 대경 스님은 또 워디 갔다냐?"
"포행하러 간다고 나가시던데요."
"그건 그렇고 연화심 그거 못쓰것데."
"왜요? 지문 스님."
"그 가시내가 스님들을 보통 홀리는 게 아니랑께. 법당 앞을 지나가는 스님들을 붙잡고 생글생글 웃어가며 여간 애교를 부리는 게 아니드만."

지문 스님의 말이 좀 심하다 싶어 나는 얼른 말을 막았다.

"스님이 그걸 어떻게 알아요? 그냥 대화를 나누는지…."

"나가 법당 부전 아닌가라. 법당 청소하러 법당에 갈 때마다 상반 스님들이 아예 진을 치고 살드만, 살아."

과묵한 진호 스님이 지문 스님의 말에 동조했다.

"스님은 이제야 알았어요? 난 애초부터 눈치채고 있었어요. 그게 백여시라는 걸…."

"진호 스님은 또 뭣 때문에 그러는데요?"

"그 보살 옷 입는 거 보면 몰라? 요즘 들어 줄곧 짧은 치마만 입고 도량을 활보하고 다니는 거. 절 집에서 사는 여자가 그러면 못쓰지."

"스님. 여자가 치마를 입는 게 무슨 잘못이라고 그러세요? 다리 쪽으로 눈길을 돌리는 사람이 문제가 있는 거지."

"지원 스님, 봐유. 새파란 처녀가 뭐 할 일 없어 이 깊은 산사에 와서 화주 소임을 보것시유. 다 나름대로 재미보는 게 있으니 붙어있는 게 아니겠는감유?"

각인 스님의 말에 광진 스님까지 거들고 나섰다.

"고마 내가 봐도 눈꼴 팍 시드라. 지가 좀 이쁘다고 맥주병인지 공주병인지가 들었는지 모리겠지만서도 그 딸아 걸음걸이며 행동거지가 보통 거만시러븐 기 아잉기라. 서점에서 일하는 처자 얘길 들어보마 사중에서 함께 일하는 다른 처자들하고는 상대도 안한다카더라."

월봉 스님도 슬그머니 대화에 끼어 들었다.

"쿵…, 쿵…. 광진 스님도 눈높이가 서점 아가씨로 쪼까 내리갔는 갑네예. 하하하…. 쿵…. 연화심 그것이 분칠을 얼마나 하는지, 쿵…. 법당에 들어서마 분 냄새 나는 거 스님들 못 느낍니꺼? 쿵…,쿵…. 몸에다 또 뭔 향수를 뿌려 대쌌는지 모리겠지만서도 법당에서 그딴 향기 피아가미 공부하시는 스님네들 꼬시마 천벌 받지."

나는 더 이상 연화심 보살을 헐뜯는 말이 듣기 싫어 월봉 스님에게 쏘아 붙였다.

"스님이나 냄새 좀 챙기세요. 월뽕 스님. 스님들한테 정말 실망이네요. 괜한 사람 뒤에서 흉이나 보구. 스님들이 더 나빠요."

언제나 든든한 나의 원군, 혜솔 스님이 내 말에 동의했다.

"나는예, 그 보살이 좋게 보이든데예…."

"얼라가 뭘 아노? 어른들 눈에는 다 보이는기라. 쿵…, 쿵…."

연화심 보살에 대해 절대적인 찬사를 보내던 스님들이 불과 한 달 사이에 손바닥 뒤집듯 마음이 변해버린 것이었다. 우리 반 스님들의 평판이 이러하다면 상반 스님들의 평판 역시 좋지 않을 것이라는 생각이 들었다. 그런 불길한 예감은 이튿날 새벽 간경 시간에 현실로 다가왔다.

"치문반 스님들은 가사 장삼 수하시고 제 자리로 모두 모이세요."

찰중 덕장 스님이 대방이 떠나갈 듯한 큰 목소리로 지시를 내렸다. 갑자기 대방에 찬바람이 불기 시작했다. 우리 반 스님들은 영문도 모른 채 덕장 스님 책상 앞에 꿇어앉았다.

"제가 스님들을 왜 불렀는지 아십니까?"

아무도 입을 열지 않았다. 그럴 수밖에. 이유를 모르지 않는가.

"간밤 자유 정진 시간에 치문반 스님 중 한 분이 어디를 갔었는지 아시는 스님 있습니까?"

뜻밖의 말에 스님들은 서로 눈치만 보았다.

"내 입이 부끄러워 차마 말도 꺼내기 싫소만, 어젯밤 모 스님이 화주 보살의 방에서 나왔다고 들었소. 그게 사실이오? 도대체 어떤 정신 나간 스님이 야밤에 보살 방에서 나올 수 있단 말이오."

그때 대경 스님이 나섰다.

"제가 그곳엘 다녀왔습니다."

덕장 스님의 눈꼬리가 험악해졌다.

"뭘 잘한 일이라고 당당하게 나서는 겁니까?"

"참회하겠습니다."

"이게 참회로 될 일이오? 화주 보살 주위에 강원 스님들이 할 일 없이 서성거린다고 익히 들어왔어요. 치문반 스님들 정신 바짝 차리고 들으세요. 모두들 출가 정신을 잊고 두 눈이 흐리멍덩해져 있어요. 자기 본분사를 잊고 살아가는 스님을 어떻게 수행자라 할 수 있소. 절 집에 들어와서도 속세의 습관을 버리지 못하고 청정한 수행 도량을 더럽히는 것이 말이 되느냐 말이오. 저런 스님 때문에 우리 총림사의 소문이 나빠지게 되고 결국 우리의 위용이 땅에 떨어지는 게요."

똑같은 얘기를 반복하는 버릇이 있는 덕장 스님의 훈계는 한 시간이 넘게 이어졌다. 평소 좋아하지 않는 덕장 스님에게 훈계를 듣는 것은 여간 곤혹스러운 일이 아닐 수 없었다. 게다가 딱딱한 바닥에 한 시간 가량 꿇어 앉아 있으려니 다리는 고통의 한계를 넘어 무감각하기까지 했다. 하지만 덕장 스님의 훈계는 이번만은 매우 당연하게 느껴졌다. 대경 스님이 큰 실수를 한 것이 분명했다. 덕장 스님의 훈계는 그녀에게 정신을 빼앗겨 그동안 몽환 속에 살았던 나를 질책하는 것 같아 나도 모르게 고개가 숙여졌다.

아침 강의를 마치고 우리 반 스님들은 온종일 대방에서 삼천 배 참회를 했다. 참회를 마친 후 저녁 예불을 드리러 법당에 갔는데 늘 그 자리에 있던 연화심 보살이 보이지 않았다. 텅 비어있는 연화심의 앉은뱅이 책상을 바라보자니 마음이 왠지 허전했다. 저녁 예불이 끝나도록 연화심 보살은 끝내 나타나지 않았다.

그 날 밤 나는 다리를 절룩거리며 여느 때와 똑같이 도서관으로 소임을 보러 갔다. 그날 역시 혜솔 스님과 동행이었다.
한 시간 넘게 무릎을 꿇고 있은 탓인지 다리가 저려왔다. 체면 차릴 것도 없이 도서관 바닥에 주저앉아 있자 혜솔 스님이 열심히 내 다리를 주물러 주었다. 자신의 다리도 아플 텐데 도반의 다리를 주물러 주는 혜솔 스님이 왠지 살가운 피붙이처럼 느껴졌다. 그때 도서관 문이 열리더니 대경 스님이 들어섰다.

"지원 스님. 할 말이 있어서 왔는데. 전해줄 것도 있고."

"스님, 어서 오세요."

"혜솔 스님, 긴히 지원 스님하고 얘기를 해야 하는데…."

"서장 뒤에 가 있으께예. 얘기 나누시라예."

혜솔 스님이 눈치 빠르게 자리를 피해주었다. 나는 의자를 대경 스님에게 권했다.

"스님 차 드시겠어요?"

"됐어. 어서 앉아."

"스님, 기분 푸세요. 저희들에게 미안한 감정 갖지 마시구요. 삼 천 배 참회 어디 하루 이틀 합니까?"

"지원 스님이 그렇게 얘기해 주니 고맙네."

"스님 맘 알아요. 저도 저 때문에 다른 스님들이 참회 받았을 때 반 스님들한테 얼마나 죄송스러웠는데요. 너무 염두에 두지 마세요."

"자, 이거 받아."

대경 스님은 주머니에서 낯익은 빨간 만년필을 꺼내 내게 건네주었다.

"이것…은?"

"어제 밤에 연화심한테서 받은 거야. 연화심이 스님한테 주라고 부탁하더군."

"왜 제게 이것을…."

"연화심이 일곱 개의 네 잎 클로버를 보여주며 스님에게 받은 것이라고 하더군. 참 고마웠다고…. 스님 보면서 맑은 마음을 느낄 수 있어 참 행복했다고 그러더라."

순간 얼굴이 붉어졌다. 연화심에게 내 마음을 들켜버린 기분이었다.

"실은 연화심은 내가 다니던 학교 학과 후배였어. 우연히 여기서 다시 만나게 되었지. 연화심이 그동안 써온 시들을 보여주겠다고 해서 어제 저녁에 연화심 방에 가게 되었던 거야."

"아…, 그랬었군요."

"연화심의 시 가운데 지원 스님을 생각하고 쓴 것이 있었어. 지원 스님이 좋은 생각을 심어주는 사람이었다는 싯귀가 생각나네."

"그래요…."

"얘기가 길어졌네. 지원 스님, 언제나 맑은 심성 다치지 말고 잘 지내. 사람들과 더불어 살다보면 자기도 모르게 강파리해지니까. 알겠지?"

"예, 스님…."

대경 스님은 밝은 미소를 지으며 내 손을 꼬옥 감싸주고 자리에서 일어났다. 조용히 도서관 문을 열고 나가는 스님의 뒷모습을 보니 다시는 영영 보지 못할 것만 같은 느낌이 들었다.

"스님, 안녕히 주무세요."

대경 스님이 뒤돌아보며 빙긋 웃었다. 그처럼 아름다운 미소는 처음이었다.

"그래, 잘 있어. 건강해야 해."

그것이 대경 스님을 마지막으로 본 순간이었다.

대경 스님은 그날 밤 봇짐을 싸들고 총림사를 떠났다. 떠난 것은 대경 스님뿐이 아니었다. 연화심 또한 저녁 예불 시간 이후 다시는 볼 수 없었다. 도의적인 책임을 지고 절을 떠났다는 소식을 접한 것은 며칠 후의 일이었다.

나는 빨간 만년필을 지금도 간직하고 있다. 만일 다시 만날 수 있다면 연화심 보살에게 그것을 돌려주고 싶다. 그 만년필은 아마도 이 세상에서 가장 아름다운 시를 쓰는 그녀에게 어울릴 것 같기 때문이다.

단오절 체육대회

우리 반의 응원 단장은 넘치는 끼를 주체하지 못하는 지경 스님이었다. 지경 스님은 검정 비닐을 갈기갈기 찢어 만든 사자 머리를 머리에 쓰고 광목천으로 된 옷을 온몸에 둘둘 감고 있었다. 게다가 하얀 분칠을 한 얼굴로 기묘한 춤을 추는 지경 스님의 몸부림 응원은 그 현란한 몸동작만으로도 다른 반의 기세를 제압할 정도였다.

그때 문득 덕장 스님의 모습이 눈에 들어왔다. 조금 전 매서웠던 눈매는 간 곳이 없고 자애롭고 따뜻한 눈길로 혜솔 스님을 바라보고 있었다. 그 눈을 들여다보는 순간 덕장 스님이 일부러 서브 미스를 하지 않았나 하는 생각이 들었다. 그 의문은 아직도 풀지 못했다. 그러나 그동안 덕장 스님을 미워했던 내 자신이 부끄러워졌고 그 부끄러움이야말로 구도의 길에 하나의 등대가 되었다.

쿵쿵 짝, 쿵쿵 짝, 쿵쿵 짝짝 쿵쿵짝. 와아….

"자 이번에는 삼삼칠 박수!"

짝짝짝, 짝짝짝, 짝짝짝짝짝짝짝. 우우우우야!

"자 이번에는 열차박수!"

칙…칙…폭…폭… 칙, 칙, 폭, 폭, 칙, 칙, 폭, 폭, 칙칙, 폭폭, 칙칙폭폭 칙칙폭폭….

드디어 총림사의 연중행사인 단오절 체육대회가 열리는 날이었다. 이 단오절 체육대회를 위하여 대중 스님들이 얼마나 많은 운동 연습과 준비를 하였는가. 각 반의 스님들이 직접 그린 현수막은 운동장 둘레에 새로 설치한 철조망을 울긋불긋 장식했다. 말끔하게 정돈된 운

동장은 잡초 뽑기, 돌 줍기, 땅 고르기 등 우리 반 스님들이 노력한 울력의 산물이었다.

만국기로 장식되어 있는 운동장 중앙 본부석에는 주지 스님을 비롯하여 극락전의 노스님까지 사중의 거의 모든 어른 스님들이 경기를 참관하고 계셨다. 마치 초등학교 시절 운동회를 연상하게 하는 이러한 풍경들은 스님들을 어린 시절로 돌아가게 했다.

체육대회를 여는 첫 경기는 사집반과 대교반 간의 축구 경기였다. 골이 터질 때마다 운동장이 떠나갈 듯한 함성과 야유가 범벅이 되어 울려 퍼졌다. 사집반의 두 재담꾼 스님들의 경기 진행 해설은 대중 스님들을 폭소의 도가니로 몰아 넣었다. 각반에서 차출된 응원 단장들의 열띤 응원이 가세하여 가히 축제 분위기를 연출했다.

우리 반의 응원 단장은 넘치는 끼를 주체하지 못하는 지경 스님이었다. 지경 스님은 검정 비닐을 갈기갈기 찢어 만든 사자 머리를 머리에 쓰고 광목천으로 된 옷을 온몸에 둘둘 감고 있었다. 게다가 하얀 분칠을 한 얼굴로 기묘한 춤을 추는 지경 스님의 몸부림 응원은 그 현란한 몸동작만으로도 다른 반의 기세를 제압할 정도였다. 꽹과리와 북 장단은 운동장의 열기를 고조시켰고 쉴 새 없이 터지는 박수와 폭소는 정작 축구 경기보다 더더욱 흥겨워 보였다.

사집반의 승리로 끝나자 곧이어 우리 치문반과 사교반의 축구 경기로 이어졌다. 젖 먹던 힘을 다해 뛰었지만 우리 반의 축구 실력은 상반 스님들을 따르지 못했다. 이른 아침부터 운동장 돌 고르기에 청소, 경기장 라인 긋기 울력을 하느라 힘을 죄다 뽑아 쓴 탓도 있지만, 다년간 축구 경기를 숱하게 해 온 상반 스님들의 기량에 비해 상대가 되지 않는 것이 당연했다. 전반전임에도 불구하고 우리 반은 4-0으로 지고 있다.

우리 반 스님들은 단오절 체육대회를 위해 두 달 가까이 축구 연습을 했지만 팀웍이 잘 짜여져 있는 상반 스님들을 누르기에는 역부족이었다.

후반전이 시작되자마자 나에게 노마크 찬스가 왔다. 눈을 감고도 골을 넣을 수 있는 좋은 찬스였는데 덕장 스님이 뒤에서 몸을 잡아채는 반칙을 하는 바람에 나는 보기좋게 나동그라지고 말았다. 그때처럼 덕장 스님이 미운 적이 없었다. 축구 시합은 상반, 하반을 떠나 정정당당하게 룰을 지키는 스포츠가 아닌가. 나는 평생 덕장 스님을 미워하기로 결심하고 또 결심했다. 주심은 이런 반칙을 못본 체하고 공이 굴러가는 곳으로 달려갔다. 불공정한 처사이지만 항의할 수조차 없었다. 하늘같은 사교반 스님들과의 시합이 아닌가.

결국 우리 반은 6-0으로 참패했다. 경기가 끝나고 운동장에서 나오자 혜솔 스님이 선수로 뛴 스님들에게 일일이 물을 따라주었다.

"잘 뛰었어예, 스님들. 여기 물 좀 드시라예."

"고마 치아라. 열 받아 죽겠는데."

광진 스님이 괜히 혜솔 스님에게 짜증을 내었다. 광진 스님의 짜증은 곧 우리 반 스님 전부의 짜증이라고 해도 과언이 아니었다.

광진 스님의 말에 기다렸다는 듯이 모두들 불평을 늘어놓았다. 반칙을 밥 먹듯 한다, 그래도 심판이 못본 척한다, 지는 게 더 속이 편하다, 만약 이겼다면 상반 스님들이 가만히 있었겠느냐 등 불평은 끊임없이 이어졌다.

축구 경기의 결승전은 오후에 열릴 예정이었다.

축구 예선전에 이어 족구와 배구 경기가 열렸다. 두 경기 모두 사교반이 승리를 했다.

점심 공양을 마치고 곧바로 운동 경기가 시작되었다. 이어달리기, 줄다리기, 농구 등의 경기가 열렸는데 우리 치문반은 어느 종목에서도 결승 진출을 하지 못했다.

이어달리기와 줄다리기는 사교반이, 농구는 사집반이 우승을 했다.

우리 반 응원단장 지경 스님도 연신 패하는 것에 지쳤는지 맥없이 땅에 주저앉아 버렸다. 반장인 무량 스님 역시 땅이 꺼져라 한숨만 쉬었다.

"이를 어쩌지. 큰일났네."

"왜요, 무량 스님?"

"지원 스님은 걱정도 안되나. 이번 체육대회에서 한 경기라도 우승을 하지 못하면 하안거 해제 방학 때 나가지도 못하고 총림사를 지켜야 하는 벌칙이 있는 거 몰라?"

"그런 벌칙이 있었어요? 그럼 대방을 지켜야 하겠네요. 우리 반 모두…."

나 역시 한숨이 저절로 나왔다.

"우리 반 스님들 다 아는 걸 왜 스님만 몰라?"

"아직 탁구가 남았잖아요."

"그렇지. 복식이든 단식이든 하나라도 우승해야지."

"선수는 누가 나가는데요?"

"진호 스님하고 선운 스님이 하잖아."

"혜솔 스님이 경기에 나가면 안될까요? 정말 잘하는데…."

"안돼. 불 보듯 뻔한 게임인데…."

"그래도 혜솔 스님이…."

"혜솔 스님은 무리야. 탁구에서라도 우승해야 우리 반이 방학 때 나갈 것 아냐."

"연습 많이 했는데…."

그래도 무량 스님은 완강하게 고개를 흔들었다.

"어서 차담 준비나 해. 농구 결승이 끝나면 바로 차담 시간이니까. 뭐하고 있어?"

완전히 벽에 막힌 기분이었다. 박수를 치며 농구 경기를 구경하고 있는 혜솔 스님은 이 사실을 알고 있는 것일까? 그동안 혜솔 스님이 정말 열심히 탁구 연습을 한 장면이 떠오르자 허탈한 한숨만 자꾸 나왔다.

나는 운동장 한 켠 천막을 세워 마련한 다각실에서 과일을 깎으면서 이모저모 생각을 해도 혜솔 스님이 탁구 경기에 출전한다는 것은 현실적으로 불가능하다고 느껴졌다. 과일 박스를 나르던 광진 스님이 맥이 풀린 나를 보며 말을 건넸다.

"고마, 와 그래 인상을 쓰고 있능교?"

"아니에요, 아무 것도."

"방학 때문에 그라제. 마, 내는 벌써 그 생각에서 떠났다. 일찌감치 포기 하그래이."

"그래도 희망이 있잖아요. 아직 한 종목 남았는데."

"탁구 말이가? 무신 수로 상반 스님들을 이기노. 귀신같은 선수들이 한 두 명이 아니라는데. 고마, 인상 피고 맘 편히 가지그라."

"저기, 제 생각인데요. 혜솔 스님을 선수로 내보내면 어떨까요? 어차피 질 게임이니까요. 안그래요, 스님?"

"혜솔 스님?"

"혜솔 스님은 오늘 한 게임도 못 뛰었잖아요."

"가가 탁구나 제대로 하나?"

"그동안 얼마나 연습을 많이 했는데요."

"기래?"

"옆에서 듣자하니 얘기가 이상하게 돌아가는 것 같네유?"

함께 과일 준비를 하고 있던 각인 스님이 불쑥 끼어 들었다.

"이미 탁구 선수가 정해진 걸루 아는디유. 진호 스님하구 선운 스님하구유."

"그건 그렇지만…."

"혹시 알아유? 그 스님들이 승리를 할지? 길고 짧은 건 대봐야 안다구유. 안 그래유, 광진 스님?"

"그래…, 그야 그렇지."

"그래도 스님, 혜솔 스님 정말 열심히 연습했다고요. 얼마나 잘하는데요."

"잘해봤자 얼라는 얼라지유. 그리고 선수로 정해진 스님들이 경기를 앞두고 지금 몸 풀고 있는데 그 스님들은 어떻게 하라구유? 모두 포기하구 지금이라도 혜솔 스님한테 탁구채를 넘기라구유?"

"…… 그… 그게…."

"내 참, 뒷구멍으로 호박씨 깐다드니. 진호 스님하고 선운 스님이 이 사실을 알면 꽤나 기분이 좋겟네유."

"……."

"뭐해? 차담 시간인데 과일 안나르나?"

광진 스님이 본부석을 보며 재촉을 했다. 나는 광진 스님을 더 조르고 싶었지만 차담 시간이 되었기 때문에 본부석을 비롯해 상반 스님들의 자리로 차와 과일을 날랐다.
　멀리서 각인 스님이 내게 손가락질을 하며 진호 스님과 선운 스님에게 무슨 말인가를 전하고 있는 것이 보였다. 다각실에서 있었던 얘기를 옮기는 게 분명했다. 저렇게 입이 가벼운 스님과 한솥밥을 먹는 도반이라는 사실이 너무 짜증이 났다.

　차담을 마치고 마지막 경기인 탁구 경기를 위해 탁구대 두 대를 운동장에 설치했다. 원래 탁구는 실내경기였지만 날씨가 좋고 바람이 불지 않아 운동장에서 하게 된 것이다. 그것은 많은 대중들의 경기 관람을 유도하기 위한 배려이기도 했다.
　첫 게임은 복식 경기로 각 반에서 두 사람이 한 조가 되어 경기를 시작했다. 우리 반 스님들은 방학에 대한 마지막 희망인 이 마지막 경기에 온 관심을 기울였다. 우리 반이 한 득점을 올릴 때마다 응원의 함성 소리가 지경 스님의 광란의 춤과 함께 하늘에 닿았다. 나는 그다지 좋은 기분은 아니었다. 한쪽에서 열심히 응원하고 있는 해맑은 혜솔 스님을 보니 더더욱 가슴이 아팠다.
　진호 스님과 선운 스님은 우리의 기대를 저버리지 않고 대교반과의 게임에서 승리를 거두고 결승에 올랐다. 다른 탁구대에서는 사교반의 덕장 스님과 철운 스님 조가 사집반을 누르고 결승에 올랐다.
　곧바로 결승전이 이어졌다. 날렵한 자세로 몸을 놀리는 선운 스님의 강력한 공격과 철통 방어로 어려운 공을 막아내는 진호 스님의 활약은 기대 이상의 놀라운 선전이었다. 우리 반 스님들은 득점을 할 때마다 광적인 응원을 했다. 그러나 덕장 스님의 총알 같은 스매싱에 걸려 실점을 할 때에는 가슴을 두드리며 거의 울상을 자아내곤 했다. 세 세트로 열리는 이 경기에서 사교반과 우리 반은 각각 한 세트씩 주고받았다. 마지막 한 세트만 이기게 되면 하안거 해제 방학을 갈 수 있다는 꿈에 부풀어 우리 반의 응원 열기는 최고조에 다다랐다.

마지막 세트. 덕장 스님과 철운 스님은 신기에 가까운 플레이로 연신 득점을 하였다. 시간이 흘러갈수록 우리 반의 사기는 점점 떨어지고 결국 패하고 말았다.

망연자실한 우리 반 스님들의 표정은 이미 굳어질 대로 굳어져 있었다. 경기를 마치고 응원석으로 돌아오는 두 스님들 역시 어깨가 추욱 늘어져 있었다.

"곧 단식 경기가 열리겠습니다. 각 반의 단식 출전 선수는 준비하십시오."

안내 방송이 나오자 무량 스님이 용기를 북돋았다.

"자, 힘들 내시고. 마지막 단식 경기가 남았으니 기운을 차리세요."

무량 스님이 단식 경기에 출전할 진호 스님의 어깨를 주물러 주었다.

"진호 스님. 다시 한 번 힘 좀 내주시죠."

진호 스님이 고개를 저었다.

"더 이상 지쳐서 못 뛰겠습니다. 다리를 삐끗한 데다 컨디션도 좋지 않습니다. 선운 스님, 스님이 대신 뛰어 주세요. 전 더 이상 못하겠습니다."

이 말에 선운 스님이 펄쩍 뛰었다.

"왠만하면 제가 뛰겠는데요, 지금 제가 뛸 상황이 아닙니다."

예상외로 진호 스님과 선운 스님이 자꾸 뒤로 빠지려고 했다. 무량 스님은 난감한 표정을 지었다. 그때 선운 스님이 무량 스님을 쳐다보며 말했다.

"혜솔 스님이 뛰면 안되겠습니까? 제가 또 뛰어봤자 질 게 뻔합니다."

"혜솔 스님?"

순간 모두의 시선이 혜솔 스님에게 쏠렸다. 혜솔 스님은 깜짝 놀란 듯 사양을 했다.

"아니라예, 선운 스님. 스님께서 뛰시라예."

"혜솔 스님, 스님이 한번 뛰어봐요. 연습을 많이 했다고 들었는데."

이러한 상황이 벌어지자 나는 자리에서 잠자코 앉아만 있을 수 없었다. 나는 응원석에 앉아있는 혜솔 스님 어깻죽지를 잡아 일으켰다.

"무량 스님, 혜솔 스님 한번 시켜봐요."

"무슨 소리. 이게 마지막 경기인데. 선운 스님이 한번 더 수고하시죠."
"저는 기권입니다. 반장 스님이 뛰시든지요."
선운 스님은 의외로 완강했다.
"선운 스님. 지더라도 스님이 뛰셔야지 어떻게 혜솔 스님이 사교반 스님들을 상대합니까? 그게 지금 말이 되는 소리라고 생각하십니까?"
무량 스님의 강권에도 불구하고 선운 스님은 돌처럼 움직이지 않았다. 그런데도 무량 스님은 여전히 혜솔 스님의 출전을 못마땅해 하는 눈치였다. 물론 하안거 해제 방학 때문이었다. 나는 더이상 참을 수가 없어 앞으로 나섰다.
"스님들. 지원 한 말씀 올리겠습니다. 평소 때 제 발언에 전혀 힘이 없는 줄은 알지만 부디 잘 들어 주십시오. 단오절 체육대회는 전 강원 스님들이 함께 하는 화합과 단결의 장입니다. 그러나 혜솔 스님은 안타깝게도 단 한 경기도 참여하지 못했습니다. 왜냐구요? 나이가 어리다는 이유 그것 단 한가지 때문이었습니다. 그런 이유를 잘 알고 있는 스님들이 어떻게 혜솔 스님이 우리들의 도반이라고, 우리 반의 일원이라고 감히 말을 할 수가 있겠습니까? 그동안 이 체육대회를 위해 운동장 울력을 하면서 혜솔 스님은 열심히 잡초도 뽑고, 돌도 나르고, 손에 상처가 나도록 철조망을 엮었습니다. 지금 여기 계신 그 어느 스님보다도 열심히 행사를 준비했단 말입니다. 그리고 혜솔 스님은 지난 한 달이 넘도록 스님들이 지대방에서 쉬고 있는 시간이면 하루도 빠짐없이 여기 체육실에서 탁구 연습을 해왔습니다. 왜냐구요? 어려서 다른 경기에는 끼어주지도 않으니까, 탁구 경기에라도 참가할 수 있는 기회가 오지 않을까 하는 오직 한가지 꿈을 가지고 연습했습니다. 비가 오는 날에도, 어두운 밤에도 말입니다. 스님들이 그러한 혜솔 스님의 피나는 노력을 한번만이라도 생각해 주신다면, 혜솔 스님이 저 탁구대에서 뛸 수 있게 해주십시오."

나는 목이 메어 더이상 말을 이을 수가 없었다. 그것이 강원에 발을 들여놓은 이후 처음이자 마지막으로 대중들에게 한 호소였다. 광진 스님이 내 말에 동조하고 나섰다.

"고마. 반장 스님. 지원 스님 말을 들어보니 그 말이 맞네. 어차피 아무도 안 뛰겠다는 거 억지로 선운 스님을 시킬 필요는 없다아이가. 혜솔 스님을 내보내입시더."

선운 스님도 맞장구를 쳤다.

"그래요. 반장 스님, 저는 정말 못뛰겠다니까요. 새로운 별, 우승의 유망주 혜솔 스님한테 기대를 걸어보자구요."

"쿵… 쿵…. 얼라가 무신 탁구를 하겠노. 고마 아예 기권을 해뿌라마."

"아따. 월봉 스님은 좀 잠자코 있지그랴. 어른이 되가지곤…. 쯧쯧.

분위기 파악을 해야지. 지문이도 혜솔 스님이 선수로 뛰는 것으로 찬성이랑께."

"그래요…. 그럼 뭐 대중 스님들 의견에 따라… 혜솔 스님이 나가야겠네."

반장인 무량 스님이 슬그머니 한발짝 물러서자 이번에는 혜솔 스님이 고개를 흔들며 나섰다.

"아니라예, 아니라예. 지는 안할랍니더. 자신 없어예."

나는 혜솔 스님에게 다가갔다.

"지금 무슨 소리하는 거야. 내 눈을 똑바로 봐. 그동안 열심히 연습한 거 무의미하게 만들지마. 너는 할 수 있어. 지더라도 상관없어. 해야 돼. 반드시 싸워야 해. 니가 할 수 있다는 것을 보여줘야 해."

"스님…."

분위기가 그렇게 무르익자 이제는 어떤 스님도 혜솔 스님의 출전에 반대하지 못했다. 결국 혜솔 스님은 선수로 선발되어 경기장으로 나서게 되었다. 혜솔 스님이 출전하는 뒷모습을 보면서 광진 스님과 선운 스님이 내게 눈을 찡긋했다. 아, 그때 나는 비로소 왜 진호 스님과 선운 스님이 그토록 완강하게 출전을 거부했는지 알 수 있었다.

단식 경기 시작을 알리는 호각 소리가 길게 울려 퍼졌다. 경반에서는 정호 스님이, 사교반에서는 덕장 스님이, 사집반에서는 선일 스님이 각각 선수로 출전했다. 유난히 더 작아 보이는 혜솔 스님이 주먹을 쥐고 쪼르르르 탁구대로 달려가자 상반 스님들이 일제히 웃음을 터트렸다.

먼저 가위, 바위, 보로 상대 선수를 결정했다. 그 결과 혜솔 스님은 사집반의 선일 스님과 맞붙게 되었다. 다른 조의 탁구대에선 정호 스님과 덕장 스님이 경기를 치르게 되었다.

우리 반 스님들의 일부는 경기에 관심을 잃은 듯 뒷정리를 한다며 다각실로 떠나버리고 나머지는 호기심 어린 눈빛으로 숨을 죽이고 경기를 관전했다.

혜솔 스님이 먼저 날카로운 서브를 했다. 어리다고 방심을 했던 선일 스님은 첫 실점을 혜솔 스님에게 내주고 말았다. 그러나 선일 스님은 어린아이한테 마치 큰 아량을 베풀어준 것처럼 너그러운 표정을 지어 보였다.

줄곧 여유를 보이던 선일 스님의 표정은 첫 세트를 혜솔 스님에게 잃고서야 굳어졌다. 만만치 않은 상대를 만났다는 것을 감지했는지 두 번째 세트에서는 필사적으로 공격을 했다. 하지만 혜솔 스님의 반격도 만만치 않았다. 불똥 튀기는 두 사람의 시합은 관전을 하고 있는 모든 스님들의 손에 땀을 쥐게 했다. 혜솔 스님이 득점을 할 때마다 터지는 전 강원 스님들의 탄성은 오히려 우리 반의 응원 소리보다 더 컸다. 혜솔 스님은 두번째 세트에서도 무난히 승리해 결승에 오르게 되었다.

혜솔 스님이 응원석으로 돌아오자 축제 분위기였다. 스님마다 한마디씩 덕담을 했다.

"혜솔 스님, 정말 잘했어."

광진 스님은 자신의 판단이 옳았다는 듯 큰 소리를 질렀다.

"이야, 진호 스님보다 더 잘치는구마. 이럴 때일수록 정신 바짝 차리고 꼭 우승해야 된데이."

다른 조에서 승리한 사교반의 덕장 스님과의 결승전이 벌어졌다. 아! 이 얼마나 끈질긴 악연인가. 지난 반 년 동안 끊임없이 우리 반을 못살게 굴었던 강원 최악의 인물 덕장 스님과의 시합이라니. 나는 하안거 해제 방학이 아니더라도 혜솔 스님이 꼭 덕장 스님을 이겨주길 빌고 또 빌었다.

경기 전 미소를 띠던 덕장 스님은 혜솔 스님과 인사를 나누자 표정을 바꾸어 매서운 눈초리로 혜솔 스님을 노려보았다. 혜솔 스님은 왠지 주눅이 들어보였다. 그 기세에 눌린 탓인지 혜솔 스님은 힘 한 번 쓰지 못하고 첫 세트를 21-9로 내주고 말았다. 덕장 스님의 심리작전에 말려든 것이었다. 두 번째 세트에 접어들자 덕장 스님은 연속으로 다섯 점을 얻었다. 연신 고함을 질러가며 혜솔 스님의 기를 꺾는 덕장 스님을 그냥 보고만 있을 수 없다는 생각이 들었다. 나는 지경 스님이 응원에 사용했던 비닐 머리카락과 광목천 옷을 몸에 걸친 후 분을 얼굴에 덕지덕지 바르고 응원을 하기 시작했다.

"혜솔 스님! 날 좀 봐! 화이팅! 이겨야해! 힘내! 자 스님들 우리 방학을 위해 싸우고 있는 혜솔 스님을 위해 모두 합창! 혜솔 스님의 18번, 소양강 처녀 시이작!"

나는 혜솔 스님의 18번 소양강 처녀를 부르며 잘 추지도 못하는 춤을 억지로 추며 응원의 흥을 돋구었다. 사실 춤이라기보다는 실성한 사람의 몸부림에 더 가까웠을 것이다. 강원의 대중 스님들은 형편없이 망가지는 나의 우스꽝스러운 모습이 재미있는지 모두 박수를 쳐가며 소양강 처녀를 합창해 주었다. 운동장이 떠나가라 울려 퍼지는 노래 소리에 다각실로 뒷정리를 하러 갔던 우리 반 스님들이 모두 달려와 나와 함께 덩실덩실 춤을 추며 응원에 합세했다. 그 덕분인지 혜솔 스님은 용기백배하여 덕장 스님과 열전을 벌였다. 탁구공이 오고갈 때마다 서로의 점수판에 숫자가 더해졌다. 열띤 응원에 보답이라도 하듯 혜솔 스님은 덕장 스님을 21-18로 두 번째 세트를 승리로 장식했다.

드디어 마지막 세트로 승리가 판가름나게 되었다. 세 번째 세트 역시 숨가쁜 공방전이 오고갔다. 관전을 하는 스님들이 모두 자리에서 일어나 탁구대를 에워쌌다. 서로서로 점수를 주고받는 아슬아슬한 경기 상황은 보는 사람들로 하여금 환호와 아쉬움이 번갈아 교차하게 만들었다. 끝내 우리 반 스님들의 오금을 저리게 하는 극적인 상황에 다다랐다.

21-21.

듀스였다.

연속적으로 두 점을 획득하면 우승이 판가름 나는 순간이었다. 덕장 스님이 우리 반 스님들의 간담을 서늘케 하는 강한 스매싱을 날려 점수를 얻었다.

22-21.

나는 차마 더 이상 두 눈을 뜨고 볼 수가 없어 두 손으로 눈을 가렸다. 순간 우리 반 스님들의 포효와 같은 함성 소리가 울려 퍼졌다. 혜솔 스님이 다시 동점을 만든 것이었다. 그 다음 혜솔 스님이 또다시 총알 같은 공격으로 점수를 올렸다. 이번에는 덕장 스님보다 앞서게 되었다. 이길 수 있는 절호의 찬스가 온 것이었다.

덕장 스님에게 서브가 넘어가자 긴장감은 극도에 다다랐다. 관중석은 침 넘어가는 소리도 들릴 정도로 조용했다. 덕장 스님이 혜솔 스님을 노려보았다. 그 눈빛이 섬뜩하도록 살벌했다. 덕장 스님 손에서 공이 허공으로 치솟는가 싶더니 라켓으로 공을 긁었다. 공은 네트를 넘지 못하고 덕장 스님 쪽으로 떨어졌다. 서브 미스. 마침내 혜솔 스님이 믿기지 않는 승리를 거두는 순간이었다.

우리 반 스님들이 껑충껑충 뛰며 함성을 지르는 것도 내 귀에 들리지 않았다. 오직 몸을 돌려 나를 향해 만세를 외치는 혜솔 스님의 목

소리만이 들릴 뿐이었다.

 나는 하얀 분칠에 우스꽝스러운 옷을 걸쳐 입은 채 혜솔 스님을 끌어안았다.

 그때 문득 덕장 스님의 모습이 눈에 들어왔다. 조금 전 매서웠던 눈매는 간 곳이 없고 자애롭고 따뜻한 눈길로 혜솔 스님을 바라보고 있었다. 그 눈을 들여다보는 순간 덕장 스님이 일부러 서브 미스를 하지 않았나 하는 생각이 들었다. 그 의문은 아직도 풀지 못했다. 그러나 그동안 덕장 스님을 미워했던 내 자신이 부끄러워졌고 그 부끄러움이야말로 구도의 길에 하나의 등대가 되었다.

꽃에 얽힌 사연

"꽃을 보면서 죽음을 관하는 자가 몇이나 될꼬. 지원아. 모든 이들이 괴로워 울고 있을 때 마음의 평정을 찾아 고통이 어디에서 오는가 바라보거라. 모든 이들이 행복에 겨워 웃고 노래를 부를 때 고요히 눈을 감고 기쁨이 어디에서 오는가 바라보거라. 고통도, 슬픔도, 행복도, 기쁨도 모두 자기 안에서 일어나느니라. 외물에 마음을 빼앗겨 자기 자신의 정신과 마음을 잃지 않는 것이 수행자의 길이니라."

강원의 몇몇 스님들은 내게 '꽃님이' 혹은 '꽃분이'라는 별명으로 부르기까지 했다. 그 별명이 조롱이나 비웃음에서 나왔다는 것쯤은 눈치로 알았지만 조금도 개의치 않았다. 수치스럽고 치욕적인 조롱들이 귓가에 들릴 때에도 변명할 생각은 전혀 없었다. 나는 남들이 뭐라고 하든 간에 아랑곳하지 않고 보름과 그믐 때가 되면 언제나 돌담을 넘어가 꽃을 주웠다. 내 작은 노력으로 꽃들이 다시 새 생명으로 피어날 수만 있다면 몽둥이로 흠씬 두들겨 맞아도 그 일을 계속할 결심이었다.

    1500여 년의 역사를 자랑하는 총림사의 대웅전은 수많은 대중들의 기도와 염원이 어려 언제나 맑고 청정한 기운이 솟아나는 곳이다. 새벽 세 시. 새벽 예불을 올리기 위해 졸린 눈을 비비며 법당을 들어서면 문턱을 넘기만 해도 그 청정한 맑은 기운과 웅장한 부처님의 풍모에 마음이 경건해지고 졸음이 확 달아나곤 했다.
    더군다나 사시사철 법단에 올려지는 아름다운 꽃들은 부처님을 향한 마음에 그 향기와 싱그러움을 더하여 신심이 저절로 우러나왔다.
    부처님 전에 올려지는 꽃 공양은 보름마다 교체된다. 그 꽃들은 부산에 살고 있는 어느 보살님의 깊은 불심으로 십 년이 넘게 한결같이 부처님 전에 올려지고 있었다.
    그 보살님은 산중의 모든 사부 대중들이 모이는 결제 때 보름마다 열리는 대법회를 위해 손수 부산에서 꽃을 사서 법회 전날 밤을 새워 정성껏 꽃꽂이를 하셨다. 보름이 지나면 언제나 바뀌는 법단의 화사한 꽃들을 바라보면서 예불을 하는 스님들은 굳이 말로 표현을 하지 않아도 환희심을 느꼈을 것이다. 계절과 무관하게 산사의 뜨락에서는 볼 수 없는 화반의 꽃들은 예술적인 작품으로 승화되어 보는 이의 경탄을 자아내게 했다.

내가 궁금한 것은 보름마다 교체되는 법당의 그 많은 꽃들이 어떻게 처리되는가였다. 어느 날 나는 궁금증을 참지 못하고 법당 소임자인 지문 스님에게 물었다.
"스님, 보름마다 교체되는 꽃들은 다 어떻게 되지요?"
"버리지라."

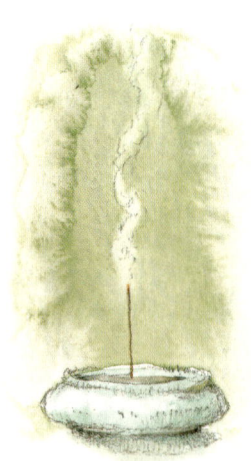

"스님께서 버리세요?"
"그럼 내가 법당 소임자인데. 미리 화병과 화반을 청소하고 정리를 해야 또 새로운 꽃을 꽂지. 그것도 보통 일이 아닌게라. 그 넓은 법당에 있는 꽃들을 다 버리려면 완전히 중노동이랑께."
"생각해 보니 보통 많은 양이 아니네요."
"박 보살님은 신심도 참 대단하지라이. 남자인 나가 버리기도 힘든 그 많은 꽃들을 어찌 그렇게 정성껏 꽂아 놓는지. 돈 들여 사 오는 것도 대단허지만 밤을 꼬박 세워 그 많은 걸 다 꽂아 놓는 것도 보통 정성이 아니겠더라니께."

"그렇겠군요."

신심을 내어 정성껏 꽂은 꽃들이 채 시들기도 전에 버려진다는 지문 스님의 이야기를 들으니 안타까웠다.

자유 정진 시간에 나는 이리저리 꽃이 버려졌을 장소를 찾아 헤매고 다녔다. 마침내 버려진 꽃들을 발견한 곳은 대웅전 왼편에 자리하고 있는 명부전 돌담 너머의 비탈진 산기슭이었다. 평소에 아무도 찾지 않는 후미진 곳이었다.

법당의 청정한 기운 때문인지 채 시들지도 않은 싱싱한 꽃들도 시들어 버린 꽃들과 함께 버려져 있었다. 그 속에는 아직 봉오리도 틔우지 못한 꽃송이들도 많이 있었다.

'저 꽃들은 처음 법당에 모셔졌을 때 부처님 전에 꽃을 피울 거라고 얼마나 기뻐했었을까. 이렇게 버려지게 될지 알기나 하였을까. 차라리 꽃으로 태어나지 않았더라면 저렇게 고통스럽게 시들어 죽어가지는 않았을텐데. 하물며 꽃봉오리조차 틔우지도 못한 채 버려진 꽃들은 얼마나 인간들을 야속하게 생각할까.'

명부전 돌담 너머로 버려진 꽃들을 바라보니 마음이 편치 않았다. 피지도 않은 꽃봉오리, 박 보살님의 신심, 부처님의 미소…. 여러 가지 생각들이 교차하면서 머릿속이 복잡해졌다. 고심을 하던 나는 돌담을 뛰어넘어 들어가 꽃더미 위에 앉아 아직도 싱싱한 꽃들을 줍기 시작했다. 내 손아귀로 간신히 쥘 수 있는 많은 양의 꽃들을 주웠다 싶었으나 아직도 수많은 꽃들이 처량히 바닥에 널브러져 있는 게 눈에 밟혔다. 아무래도 뭔가 꽃을 담을만한 통이 있어야 할 것 같았다. 나는 다시 담을 넘어 큰 통을 준비한 다음 다시 명부전 돌담으로 돌아왔다. 대중 스님들에게 들킬세라 주위를 살핀 후 또 다시 몰래 돌담을 넘었다. 잘못 디디면 벼랑으로 떨어질 것 같은 가파른 언덕에서 나는 나무와 벽에 의지하여 아직 시들지 않은 꽃을 주워 담았다. 시들지 않은 꽃들을 거의 다 주웠다 싶으면 어디선가 소리가 들리는 것 같았다.

"스님, 여기요. 저도 주워 주세요."

"스님, 저는 이 덤불 속에 가려져 있어요."

꽃들의 애원이 들려오는 곳에는 내가 미처 발견하지 못한 꽃봉오리들이 버려져 있었다. 마지막 한송이까지 찾아야겠다는 생각으로 꽃더미들을 뒤집으며 시들지 않은 꽃들을 주워 모았다. 오랫동안 모은 꽃들을 큰 통에 담아 돌담 너머로 넘기고 겨우 안도의 한숨을 내쉬었다.

생각보다 엄청난 양의 꽃이었다. 강원 뒷문을 통해 끙끙대며 도서실로 꽃 통을 옮겼다. 나는 이 꽃들을 조금씩 나누어 화병에 꽂을 생각이었다. 그러나 문제가 생겼다. 꽃들을 꽂을 화병을 어떻게 마련하느냐는 것이었다. 그 문제로 고심을 하다가 도서관 구석진 곳에 놓아둔 음료수 페트병을 보면서 좋은 생각이 떠올랐다. 꽃병이 있을 리 만

무한 이 삭막한 강원에서 내가 생각해낸 묘안은 플라스틱 페트병으로 화병을 대신하는 것이었다.

나는 지대방으로 건너가 자고 있는 혜솔 스님을 깨워 페트병을 함께 구했다. 도서관으로 돌아오는 길에 혜솔 스님이 물었다.

"도대체 이걸 가지구 뭐할 껀데예?"

"두고 보면 알아, 혜솔 스님."

혜솔 스님은 더 이상 묻지 않았다. 나는 혜솔 스님의 그런 점이 좋았다. 나를 따라 도서관에 들어선 혜솔 스님은 눈이 휘둥그려졌다.

"이 많은 꽃들이 어디서 났어예?"

"주워 왔어."

"어디서예?"

"명부전 뒷담에서."

나는 페트병 하나를 쥐고 시범을 보였다.

"자, 칼로 여길 이렇게 도려내."

"아하, 이걸로 꽃병 만들라꼬 그카시는구나."

"가만히 보고만 있지 말고 어서 일을 거들어."

"알았어예."

꽃을 꽂은 플라스틱 페트병 위에 선물 포장지로 한번 감싸고 그 위에 끈을 묶으니 제법 그럴싸한 화병이 되었다. 맑은 물을 흠뻑 들이마신 꽃송이들은 향기를 발하며 싱싱하게 되살아났다.

다음날 나는 꽃들을 열 개의 화병에 골고루 나누어 담아 강사 스님들의 방이나 간병실, 종무소, 서점에 이르기까지 골고루 배달을 시작했다. 간병실에 갔더니 광진 스님이 누워 있었다. 광진 스님이 나를 보자 반색을 하며 자리에서 몸을 일으켰다.

"어이구 지원 스님이 지금 나를 다 문병온 기가?"

"어? 광진 스님. 새벽부터 안 보이시더니 여기 계셨군요."

"응, 몸살이 단단히 났는갑다. 몸이 천근만근이데이. 근데 그건 다 뭐꼬?"

나는 슬며시 농을 걸었다.

"스님께서 간병실에 계신 줄 알고 꽃 들고 문병왔지요."

"마 사나 자슥이 쫌시럽구로 그런 걸 다 갖고 오노. 암튼 고맙데이. 내 평생 꽃을 다 받아보는구마."

평소 성격답지 않게 꽃을 보며 매우 좋아하는 광진 스님의 표정을 보니 큰 일을 해낸 듯 마음이 푸근했다.

그 후 두 달 동안 보름과 그믐 때가 되면 변함없이 돌담을 넘어 꽃을 주워 화병에 꽂았다. 어느새 꽃꽂이는 강원 생활에서 빼놓을 수 없는 나의 소일거리가 되었다. 여기저기 분산되어 있는 꽃병들을 모아다가 말끔히 씻어내고, 말리고, 물을 길어다 꽃들을 다듬고, 꽃꽂이를 하는 것이 전혀 귀찮지 않았다. 바쁜 일상 속에서 시간을 내어 꽃들과 대화할 수 있는 그 시간만큼은 평화롭고 고요하며 행복했다.

　어느덧 총림사에 꽃꽂이를 하는 나에 대한 소문이 파다하게 퍼졌다.
　어떤 스님들은 꽃꽂이를 예쁘게 했다며 내게 격려와 칭찬을 해주기도 했지만 더러는 그 시간에 공부나 하라고 핀잔을 주는 스님도 있었다.
　강원의 몇몇 스님들은 내게 '꽃님이' 혹은 '꽃분이'라는 별명으로 부르기까지 했다. 그 별명이 조롱이나 비웃음에서 나왔다는 것쯤은 눈치로 알았지만 조금도 개의치 않았다. 수치스럽고 치욕적인 조롱들이 귓가에 들릴 때에도 변명할 생각은 전혀 없었다.
　나는 남들이 뭐라고 하든 간에 아랑곳하지 않고 보름과 그믐 때가 되면 언제나 돌담을 넘어가 꽃을 주웠다. 내 작은 노력으로 꽃들이 다시 새 생명으로 피어날 수만 있다면 몽둥이로 흠씬 두들겨 맞아도 그 일을 계속할 결심이었다.

　어느 날 꽃을 들고 극락전 노스님을 찾아뵈었을 때였다. 인자한 노스님께서 꽃을 들고 온 나를 반갑게 맞아 주셨다.

"오늘도 이 늙은이를 위해 꽃을 가지고 왔구나."

"실은 법당에서 나온 꽃들이에요."

"법당에서 나온 꽃이라…."

"매달 보름하고 그믐에 새로 꽃을 꽂기 때문에 보름 전 꽃은 전부 버립니다. 아직도 이렇게 싱싱한 꽃들을 버린다는 것이 안타깝습니다. 이것도 생명이고 어찌 보면 신심 있는 불자들의 보시입니다. 그래서 제가 다시 주워왔어요."

"그래…, 그렇지…. 암튼 고맙네."

"별 말씀을요. 스님. 존경하는 스님께 이렇듯 꽃을 올리는 것도 부처님께 꽃을 올리는 마음처럼 기분 좋은 일인 걸요."

"꽃은 언젠가는 지고야 말지."

"……."

"꽃을 볼 때 어떤 생각이 드느냐?"

"예쁘다…, 향기롭다…, 보드랍다…, 그런 생각이 들지요."

"네 시선은 색에 마음을 빼앗기고 현재만을 바라보고 있구나."

"……."

"이 세상의 모든 것은 씨앗으로부터 생겨 나와 죽음에 이르기까지 자연의 법칙에 따라 생하고 멸한다. 네가 가져다 주는 꽃을 보고 있노라면 하루하루 시들어가는 그것들을 보면서 죽음이라는 것을 관觀하게 되는구나. 우리의 눈은 꽃을 통하여 영원한 아름다움을 바라보고 싶을지 모르겠지만 그것들은 곧 시들어 썩은 다음 다시 흙으로, 물로, 바람으로 돌아가지. 영원한 것이라고는 오직 죽어도 죽지 않는 네 불성佛性인 게야."

"예…."

"허허허…. 꽃을 보면서 죽음을 관하는 자가 몇이나 될꼬. 지원아. 모든 이들이 괴로워 울고 있을 때 마음의 평정을 찾아 고통이 어디에서 오는가 바라보거라. 모든 이들이 행복에 겨워 웃고 노래를 부를 때 고요히 눈을 감고 기쁨이 어디에서 오는가 바라보거라. 고통도, 슬픔도, 행복도, 기쁨도 모두 자기 안에서 일어나느니라. 외물에 마음을 빼앗겨 자기 자신의 정신과 마음을 잃지 않는 것이 수행자의 길이니라."

"예, 스님. 제가 괜히 쓸 데 없는 짓을 하고 있었나 봐요. 그 시간에 경공부라도 더 했어야 하는데…."

"예끼! 인석이 말귀를 못 알아들어도 유분수지. 경책에만 부처의 가르침이 있는 게 아니라 이 세상 만물이 불법을 설하고 있다는 것을 관觀하라 이 말이다. 이놈아."

순간 큰 망치로 머리를 맞은 기분이었다.

"꽃이 참 곱구나."

스님은 꽃을 보며 여유롭게 미소를 지으셨다. 꽃을 지그시 바라보시는 노스님의 눈빛 속에는 헤아릴 수조차 없는 깊은 지혜로움이 담겨 있었다.

대중공사

대중 운집을 알리는 목탁 소리가 울리자 대교반을 비롯한 전 강원 스님들이 대방에 모였다. 사집반과 우리 반이 방 중앙에 무릎을 꿇고 앉자 대교반과 사교반 스님들이 우리를 에워싸듯 빙 둘러앉았다. 어깨를 짓누르는 살벌한 기운이 대방을 감돌았다.

나는 왼손으로는 바닥을 짚고 오른손으로는 왼쪽 팔을 붙잡는 자세로 허리를 굽혀 어깨를 내놓았다. 대교반의 스님들이 한사람, 한사람 일어나 나와 광진 스님을 경책했다. 장군 죽비는 바람을 가를 듯한 소름 끼치도록 매서운 소리를 내며 어깨 위로 떨어졌다. 장군 죽비가 내려질 때마다 마치 가시나무로 등을 후려치는 것처럼 따끔거렸다. 이윽고 숫자가 더해갈수록 그 고통은 피부 깊숙이 전해져 왔다.

그러던 어느 날 꽃 때문에 기어이 사건이 벌어지고 말았다.
그날 이른 아침에도 반장 스님에게 도서실에 일이 있다고 말을 하고
대방을 빠져 나와 꽃을 주웠다. 도서관 소임자였던 나는 총림사에서
유일하게 나만의 공간인 도서관을 핑계로 자유로운 시간을 만들 수 있
었다. 도서관으로 돌아온 나는 명부전 돌담 너머에서 주워온 꽃을 열
여섯 개의 화병에 정성스럽게 담았다. 오전 강의 탓에 꽃 배달을 오후
자유 정진 시간으로 미루고 수업에 들어갔다. 수업을 마치자 광진 스
님이 내 자리로 다가왔다.
　　"지원 스님, 지금 바로 도서관 좀 갈 수 엄겠나?"
　　"왜요, 스님?"
　　"탄허 스님의 치문 강론집 좀 빌릴라꼬. 이거 나이 들어 공부할라카

이 머리가 굳어서 영 머릿속에 내용이 들어와야 말이지."
"그러세요, 스님. 그러잖아도 도서관에 일이 있어서 갈 참이었어요."
혜솔 스님이 웃으며 끼어들었다.
"꽃병 나를라꼬 그러지예?"
"어떻게 알았어?"
"지가 스님 하는 일을 모르면 되겠어예. 지도 도와 드릴께예."
"고마워, 혜솔 스님."
광진 스님이 흐뭇하게 미소를 지으며 나와 혜솔 스님을 바라보았다.
"그라마 바로 도서실로 가는 거대이."

혜솔 스님과 함께 도서관에 도착해서 보니 분명 잠궈 놓았던 도서관 문이 열려있는 게 아닌가. 불길한 예감에 가슴을 조이면서 조심스레 도서관으로 들어서는 순간 나도 모르게 걸음을 멈추고 말았다. 믿기지 않은, 아니 믿고 싶지 않은 일이 벌어져 있기 때문이었다.
꽃을 꽂아 책상 위에 가지런히 올려놓은 꽃병들이 모두 쓰러져 여기저기 흩어져 있었다. 그것보다 더 충격적인 일은 꽃송이의 목이 전부 잘려져 도서관 마루바닥에 아무렇게나 버려져 있는 것이었다. 아수라장이 된 마루 위에 가위를 손에 쥔 스님이 목 잘린 꽃을 밟고 나를 노려보고 있었다. 덕장 스님이었다.
"지원 스님. 여기가 스님 놀이터인 줄 아시오? 이른 새벽부터 슬며시 나가길래 어디 갔나 했더니…. 이 스님이 정신이 있는 거요, 없는 거요? 앞으로는 도서관에서 이런 쓸 데 없는 짓하지 마시오. 알아듣 겠소?"

덕장 스님은 험악한 얼굴로 나를 떠밀었다. 그 바람에 나는 힘없이 바닥에 쓰러지고 말았다. 나는 법당에서 버림받고 또다시 도서관에서 버림받은 꽃송이들을 보면서 아무런 말도 할 수가 없었다. 내 머릿속은 텅 비어가고 있었다.

그때였다. 뒤이어 도서관으로 들어오던 광진 스님이 잠시 멈칫하더니 이내 상황을 이해하고 덕장 스님에게 달려가 그의 멱살을 움켜쥐고 서장의 벽으로 밀어부쳤다. 순식간에 일어난 일이었다. 뜻하지 않은 광진 스님의 행동에 덕장 스님은 당황한 듯 했다. 이어 광진 스님이 큰 주먹으로 덕장 스님의 얼굴을 때리려는 자세를 취했다. 순간 나는 날카롭게 소리를 질렀다.

"안돼! 안돼요, 광진 스님!"

광진 스님의 주먹은 덕장 스님의 얼굴 몇 센티 앞에서 멈추었다. 매서운 눈빛으로 덕장 스님을 노려보던 광진 스님은 멱살을 쥔 손을 풀었다. 덕장 스님이 제풀에 바닥에 쓰러졌다.

"내사 마, 오늘은 참는데이. 니가 죽을라모 무신 짓을 몬하겠노마는 내가 죽더라도 니 그냥 안놔둔데이. 불법 문중이 자비 문중이라지만서도 내는 이런 꼴 못본데이. 알아듣겠나, 이 자슥아!"

광진 스님은 분을 억누르지 못하고 도서관 문을 박차고 나갔다. 겁에 질려 아무 말을 못하고 있던 혜솔 스님이 정신을 수습하고 덕장 스님에게 다가가 일으켜 주려고 했다. 그러나 덕장 스님은 혜솔 스님의 손을 매정하게 뿌리치고 자리에서 일어났다.

 덕장 스님은 매서운 눈초리로 나를 노려보다 주먹을 불끈 쥐고 등을 돌려 도서관을 나가 버렸다.

 시간이 멎는 것 같았다. 아무 것도 보이지 않았다. 부들부들 몸이 떨리기만 할뿐 아무 생각도 들지 않았고 아무 말도 할 수 없었다. 내 영혼은 이미 내 육신을 떠나간 듯 한참을 멍청히 바닥에 앉아서 물끄러미 꽃들을 바라보았다. 가위로 무참하게 난도질 당한 꽃송이들이, 그 여린 것들이 거기에 있었다.

 나는 쪼그려 앉아 주섬주섬 꽃을 긁어모으기 시작했다. 그러나 눈물이, 눈물이 앞을 가려 꽃을 주울 수가 없었다. 혜솔 스님이 아무 말 없이 꽃들을 주워 모았다. 나는 꽃더미 속에 엎드려 꽃들과 함께 울었다. 가슴을 도려내는 듯한 고통으로 하염없이 하염없이 눈물이 흘렀다.

 "미안해, 애들아. 내가 너희들을 주워오지 않았더라면…, 너희들을 주워오지 않았더라면…, 이런 잔인한 일을 당하지 않았을 텐데. 미안해…, 미안해…."

 "울지마, 울지마, 울지마…. 우리는 괜찮으니… 울지마…."

 흐느낌으로 속죄를 하는 그 순간 가위로 난도질 당한 꽃들이 오히려 내게 위로를 했다.

오후가 되자 총림사는 발칵 뒤집혔다.
상반 스님들은 하나같이 노여운 표정을 지으며 분주하게 지대방을 오고갔다. 사교반의 지대방에서 분노에 찬 스님들의 목소리가 들려왔다. 어수선한 대방 분위기 속에서 우리 반과 사집반만이 무거운 침묵으로 자리를 지키고 있었다.

사교반에서 회의를 마친 덕장 스님은 대교반 스님들을 찾아가 오전에 도서관에서 있었던 일을 고한 후에 대중공사를 벌이는 일을 허락받았다. 우리는 사집반 반장의 지시에 따라 대방에 있는 모든 책상을 밖으로 내놓았다. 상반 스님들은 대중공사 준비로 수각장에서 장군 죽비를 물에 담궜다. 말로만 듣던 죽비 참회를 벌인다는 것이었다.

"요즘 조용하다 싶더니 뭔 일이 벌어질 것 같드라니…."
"뭣 땜시 그런대유, 무량 스님?"
"광진 스님이 하극상을 했다잖어. 그것도 대중 소임자인 찰중 스님한테 말이야…. 폭력을 휘둘렀다나 뭐라나…."
"워째 그런 일이…. 에구…, 오늘 또 애꿎은 사람 죽었구면유…."
"잘못을 했으면 참회를 해야지…. 내 언젠가 이런 일이 벌어질 줄 알았다니까."

"원인이 뭔디유? 폭력을 휘두를 때는 뭔가 이유가 있었을 것 아녀유?"

"조금 있으면 알게 될 텐데 뭘 그리 물어? 어서들 마음 준비나 단단히 하라구."

"저 때문에 그래요…. 각인 스님… 죄송해요."

"뭐? 지원 스님 때문에?"

"지원 스님 옷 두텁게 껴입어. 죽비 참회를 받는다니까…."

"아니에요, 스님…. 참회를 달게 받아야지요…."

대중 운집을 알리는 목탁 소리가 울리자 대교반을 비롯한 전 강원 스님들이 대방에 모였다. 사집반과 우리 반이 방 중앙에 무릎을 꿇고 앉자 대교반과 사교반 스님들이 우리를 에워싸듯 빙 둘러앉았다. 어깨를 짓누르는 살벌한 기운이 대방을 감돌았다. 입승인 경인 스님이 자리에서 일어나 대중공사를 진행했다.

"여러분이 공부를 해야 할 시간에 이 자리에 모인 이유는 우리 강원에서 있을 수 없는 불미스러운 일이 발생하였기에 대중공사를 열기 위함입니다. 대중공사는 모름지기 대중들의 총회의로 어떠한 사안을 결정하는 자리이기도 하지만 대중들이 살아가는 법칙과 규율을 어겼을 경우 대중의 법을 바로 세우기 위하여 열기도 합니다. 오늘의 대중공사는 하반 스님이 상반 스님을 폭행하고 욕설을 가한 하극상을 자행했기 때문에 벌이게 되었습니다. 잘못을 저지른 스님의 잘잘못을 가리고 참회를 주어 다시는 그러한 불미스러운 일들이 거듭 생기지 않도록 하는 것은 물론 다른 대중 스님들 역시 마음을 다지는 시간이 되었으면 합니다. 자아, 치문반의 광진 스님 그리고 지원 스님, 불단 앞으로 나와 주십시오."

나와 광진 스님은 불단 중앙 앞으로 나아가 대중에게 삼배의 예를 올리고 꿇어 앉았다.

"광진 스님. 스님께서 오늘 대중 소임자인 찰중 스님에게 폭력을 행사한 것이 사실입니까?"

"예."

"지원 스님. 스님은 다른 대중 스님들이 모두 자리를 지키며 간경을 하고 있는 시간에 도서관 소임을 핑계로 자리를 비우고 도서관 소임과는 무관한 꽃꽂이를 하고 있었던 것이 사실입니까? 그리고 그 일에 대해 경책하는 찰중 스님에게 광진 스님이 폭력을 가하는 것을 옆에서 지켜만 본 것이 사실입니까?"

"예."

대방의 스님들이 웅성거렸다.

"불미스러운 일을 일으킨 당사자들이 자신의 잘못을 시인하였습니다. 대교반 스님들은 하반 스님들에게 경책의 말씀을 해주시기 바랍니다."

대교반에서 좌차가 가장 높은 상판 스님으로부터 경책의 말씀이 내려졌다. 한 스님의 이야기가 끝나면 다음 좌차 스님의 경책이 이어졌다. 때로는 성난 억양으로 거칠게, 때로는 지루할 정도로 느리고 반복적으로, 때로는 짧고도 무거운 한마디의 말로 경책은 계속 이어졌다.
　상반 스님들의 훈계는 두 시간 정도 시간이 흘러서야 끝이 났다. 무릎을 꿇고 훈계를 듣던 스님들은 땀에 범벅이 되어 거의 탈진 상태가 되어 버렸다. 후끈후끈 달아오르는 구들장의 열기 때문이기도 했지만 방석도 없는 맨바닥에 줄곧 무릎을 꿇고 앉아 있었기 때문이다. 하지만 그 어느 누구도 고통의 신음 소리를 내지 않았다.
　"상반 스님들의 경책을 잘 들었습니다. 이제부터 경반 스님들과 사교반 스님들의 죽비 경책이 있겠습니다. 광진 스님과 지원 스님을 제외한 다른 스님들은 일어나셔서 자리를 옮겨 주십시오."
　무릎을 꿇고 있던 사집반 스님들과 우리 반 스님들은 고통스러운 얼굴로 자리에서 일어나 대방의 구석으로 자리를 옮겼다. 어떤 스님은 고통을 못 이겨 넘어지기도 했고 어떤 스님은 마비가 오는지 아예 자리에서 일어나지도 못하고 종아리를 주무르기도 했다. 몇 분의 시간이 흐르고 나서야 어느 정도 자리 정돈이 되었다. 나와 광진 스님은 넓은 대방 중앙에 그대로 꿇어 앉아 머리를 숙이고 죽비 경책을 기다려야만 했다.
　대방의 문이 열리고 30여 개의 장군 죽비를 들여왔다. 장군 죽비는 우리가 일반적으로 알고 있는 죽비가 아니었다. 소리를 내기 위해 대

나무를 반으로 쪼개 만든 것이 아니라 일반 나무를 얇고 길게 잘라 만든 경책용 작대기였다. 장군 죽비가 준비되자 입승인 경인 스님이 입을 열었다.

"자, 두 스님은 들으십시오. 이 죽비 경책은 스님들의 잘못을 벌하기 위한 것이지 스님들이 미워서 하는 것이 아님을 명심하십시오. 혹시 이 죽비 경책에 불만이 있으시다면 지금이라도 자리에서 일어나 봇짐을 싸고 이 강원을 나가 주십시오."

"……."

"대답이 없으니 죽비 경책을 받아들이겠다는 것으로 알겠습니다. 지금부터 상반 스님들이 죽비 경책을 내리겠습니다. 허리를 낮추시고 자세를 갖추십시오."

나는 왼손으로는 바닥을 짚고 오른손으로는 왼쪽 팔을 붙잡는 자세로 허리를 굽혀 어깨를 내놓았다. 대교반의 스님들이 한사람, 한사람 일어나 나와 광진 스님을 경책했다. 장군 죽비는 바람을 가를 듯한 소름 끼치도록 매서운 소리를 내며 어깨 위로 떨어졌다. 장군 죽비가 내려질 때마다 마치 가시나무로 등을 후려치는 것처럼 따끔거렸다. 이윽고 숫자가 더해갈수록 그 고통은 피부 깊숙이 전해져 왔다.

이때 은사 스님의 얼굴이 떠오르는 것은 웬 일일까. 손등 위로 떨어지는 땀들은 이윽고 비로 변했다. 지난 해 가을 은사 스님이 나를 강원으로 떠나보내는 날 내렸던 보슬비처럼….

"스님. 이제 그만 들어가세요."

"아니다. 저어기 탑전까지 바래다 줄게."

우산 두 개가 비탈진 오솔길을 따라 내려와 탑전에 이르러서야 멈추었다.

"스님, 안녕히 계셔요."

"그래, 너도 거기서 잘 지내거라. 대중살이가 생각같이 그리 쉽지는 않을 게야. 무슨 일이 있어도 잘 견뎌내고 버텨야 한다. 하심하고 인욕하는 것이 수행이야."

"예, 스님. 절대로 낙오자가 되지 않겠습니다."

"그래, 마음 굳게 하고 잘 지내야 한다. 이제부터 시작이야."

"예, 스님."

"열차 시간 늦겠다. 어서 떠나거라."

"예, 스님."

행자 시절 한 해가 지나도록 손 한번 못 잡아본 은사 스님. 떠날 때만큼은 내 소원을 아셨는지 손을 꼬옥 붙잡아 주시던 은사 스님이었다.

손등 위로 떨어지는 땀방울들이 번져가면서 은사 스님의 얼굴도 흐려져 갔다.

한 스님이 내리는 장군 죽비의 숫자는 오십 대였다. 대교반 스님이 이십여 명이니 천여 대의 죽비 세례를 받아야 했다. 숫자가 더해질수록 내 몸은 으스러질 듯이 고통스러웠다. 이미 열 개가 넘는 장군 죽

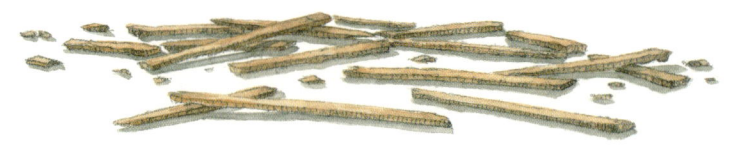

비가 부러져 바닥을 어지럽히고 있었다.

"자, 다음은 사교반 스님들 차례입니다. 찰중 스님인 덕장 스님부터 장군 죽비를 잡아 주십시오."

덕장 스님이 장군 죽비를 들고 우리에게 다가왔다. 그때였다. 혜솔 스님이 자리에서 일어나 외쳤다.

"스님, 제게도 참회를 주시라예."

"혜솔 스님은 자리에 앉으세요."

"아니라예. 지도 잘못했어예. 지도 지원 스님이랑 함께 꽃도 꽂았고예, 아까 오전에 도서관에서 불미스러운 일이 있을 때에도 그 자리에 있었어예. 지도예 그냥 보고만 있었어예. 지도 죽비 참회를 받아야 합니데이."

혜솔 스님의 말이 끝나기 무섭게 현우 스님도 자리에서 일어났다.

"치문반 현우 한 말씀 올리겠습니다. 두 스님이 명백하게 잘못을 하였지만 스님들이 저지른 일을 미연에 방지하지 못한 것에 대해 같은 반으로서 참회를 받아야 될 것으로 생각됩니다. 저도 죽비 경책을 받겠습니다."

"누가 죽비 경책 중에 스님들한테 발언하라고 하였소?"

입승인 경인 스님의 준엄한 질책도 아랑곳하지 않고 이번에는 무량 스님이 나섰다.

"치문반 반장 무량 한 말씀 올리겠습니다. 저도 치문반의 책임 소임자로서 소임을 다하지 못한 죄가 큽니다. 저도 참회를 받겠습니다."

"앉으시오!"

순간 대방 안이 술렁이기 시작했다. 이미 우리 반 스님들은 하나 둘 자리에서 일어나 나와 광진 스님의 주위를 둘러쌌다. 대중공사 중에 이런 경우는 처음이었을 것이다. 장군 죽비를 손에 든 덕장 스님이 어찌할 바를 모르고 있을 때 입승인 경인 스님이 앞으로 나서 격앙된 분위기를 진정시켰다.

"어디까지나 승가는 대중의 화합이 가장 중요합니다. 오늘 치문반 스님들의 우애 넘치는 화합을 보며 여러 대중 스님들도 저와 마찬가지로 많은 생각을 했을 것입니다. 이미 대교반 스님들로부터 받은 죽비 경책만으로도 충분할 것 같습니다. 죽비 참회는 이것으로 끝내겠습니다. 덕장 스님과 각반의 반장 스님들은 전달 사항이 있으니 모두 제 방으로 오십시오. 치문반은 저녁 예불을 마치고 법당에서 삼천 배 참회를 하십시오. 대중 소임자인 저와 덕장 스님도 함께 참회를 하겠습니다. 더 이상 이의가 없으시다면 이것으로 대중공사를 마치겠습니다."

사리 판단이 분명한 입승 스님의 결정에 그 어느 누구도 이견을 거론하지 않았다.

그날 저녁 삼천 배를 하는 동안 모든 스님들의 입가에는 미소가 가득했다.

도반 道伴

"아무래도 그 스님 보따리를 쌌는갑네. 아까운 인물이 떠났구면. 쯧쯧쯧…." 노익장 지문 스님이 원묵 스님의 간물장을 열어보더니 텅 빈 것을 확인하고 혀를 찼다. 원묵 스님의 간물장 문에는 그 스님의 좌우명인 '물같이 바람같이'라고 쓴 붓글씨만 달랑 붙어있을 뿐이었다.

"속퇴를 하든 스님으로 살아가든 언젠간 깨달음의 자리에서 다시 만나게 될 거니라. 지원이가 스님이라고 먼저 그 깨달음에 다다를 줄 아느냐? 먼저가 무슨 의미가 있으며 또 나중이라면 어떠하냐. 시간과 공간의 차원을 뛰어넘어 바라보면 오늘 당장 도반이 걸망을 지고 삼문 밖을 나갔다 해도 눈 깜짝 할 사이 억겁이 흘러 다시 만나게 되지. 세월은 그만큼 빨리 흘러 버릴 터이니 지원이는 다른 생각 말고 현재의 네 마음이나 잘 살피거라."

　불영산의 계곡에도 어김없이 여름이 찾아왔다. 방학과 휴가철이 되자 많은 관광객들이 신록이 우거진 숲과 계곡을 찾아 들었고 이곳 총림사의 뜨락도 매일같이 붐볐다. 고즈넉한 산사를 찾는 관광객의 옷차림에서 싱그러운 여름의 빛깔이 묻어나고 있었다.
　대방 문가에 드리워진 수수발 사이로 언뜻언뜻 보이는 관광객들이 조금 신경 쓰이기는 했지만 스님들은 묵묵히 자리를 지키고 간경을 했다.

　한 여름의 오후 두 시는 누가 뭐래도 나른하고 지루한 시각이다. 방 안에 앉아 있어도 이글거리는 땡볕으로 눈이 부실 지경이었다. 그 시간에는 공부를 해도 능률이 오르지 않지만 스님들은 묵묵히 간경을 해야 했다.

"아…. 시원한 아이스크림이나 하나 먹었으면 좋겠다."

"지원 스님, 망상 떨지 말구 차분히 공부나 혀유. 그러잖아도 후텁지근허니 불쾌지수가 오르는데 거기다 참회꺼정 받게 하지 말구유."

"각인 스님, 오늘 같은 날 계곡에 가고 싶지 않으세요?"

"계곡 같은 소리 하고 있네유. 누군 뭐 나가고 싶지 않아서 여기 틀어 박혀 있는감유? 잔말 말구 그냥 책이나 봐유. 자꾸 힐끔힐끔 문 밖엘 쳐다보지 말구유. 아가씨들 지나갈 때마다 정신 못차리고 시선을 오르락내리락하지 마시구유."

"누가 문 밖을 쳐다봤다고 그래요? 솔직히 말해 스님이 문 밖을 나보다 더 자주 보더라 뭐…. 내 참, 무슨 말을 못하겠네."

"으이구, 이 철딱서니 없는 시님아. 봐유. 저어기 칠판을 보라구유. 오늘 새벽녘에 찰중 스님이 써놓은 하달 사항 좀 보라니께유."

"알았어요. 잠자코 공부하면 될 거 아녜요. 스님은 요즘 들어 나만 보면 짜증이더라…. 더위 타는 건가?"

"뭐라구유?"

여름철 하안거夏安居 결제 철을 맞이하여 강원 스님들의 규율이 더욱 강화되었다. 이른 새벽 찰중 스님이 써놓은 새로운 규율은 다음과 같다.

1. 하안거 한 철 동안 삼문 밖 출입 일체 금지.
2. 소임 시간 외 할 일없이 도량 배회 일체 금지.
3. 간경 시간 자리를 지키고 정진 엄수.
4. 관광객에게 눈길 보내지 말고 잡담 및 사진 촬영 일체 금지.

스님들에게 산사의 여름은 필사적으로 공부에 매달리는 계절이다. 절 집에서 꽃이 피는 봄과 단풍이 물드는 가을은 해제 철로서 만행의 시기이고 우기인 여름과 한기인 겨울은 결제 철로서 용맹정진의 시기로 삼는다. 결제 철이면 선방 스님들은 문을 꼭꼭 걸어 잠그고 열심히 참선 정진을 하고 강원의 스님들 역시 안거 철의 법칙에 따라 절 밖 출입을 삼가하고 공부에 더욱 박차를 가한다.

스님들이 살아가는 모습은 속세의 사람들과 다른 점들이 많다. 속세 사람들이 왕성한 저녁 활동에 접어들 때 스님들은 이부자리를 펴고 잠자리에 든다. 그리고 속세 사람들이 한창 꿈 속에 있을 때 새벽별을 보며 일어나 누구보다도 일찍 하루를 시작한다. 또 속세에서 휴가다 방학이다 하여 일손을 놓거나 책을 덮고 쉬는 시기에 절 집에서는 더욱 더 열심히 공부하며 정진한다.

일상 생활도 마찬가지다. 속세 사람들은 머리를 길러 아름답게 꾸미거나 좋은 옷을 입고 먹고 마시고 싶은 것을 능력껏 즐길 수 있지만 스님들은 매월 보름마다 일제히 삭발을 하고 늘 회색빛 옷을 입으며 채식을 해야 한다.

 경책의 글은 눈에 들어오지 않고 이런저런 잡념의 갈피를 뒤적이다 보니 어느새 날이 저물었다. 대방에서는 하안거 결제 일부터 취침 전 반시간 가량 좌선을 하기 시작했다. 결제가 끝나는 마지막 한 주일 동안 강원의 전 대중들이 선방에 들어가 선방 수좌 스님들과 함께 용맹정진을 하기 위한 준비 과정이었다. 칠일간 밤낮을 꼬박 잠도 자지 않고 뜬눈으로 좌선을 하기 위해서는 반드시 몸을 단련시켜야 하기 때문에 강원 스님들은 허리를 곧추세우고 열심히 참선에 임했다.

 산에서 불어오는 선선한 밤바람과 계곡의 시원한 물소리에 대낮에 도량을 달구었던 뜨거운 열기가 사그러지고 있었다. 총총거리며 간간이 들려오는 소쩍새 울음소리가 대방의 정적 속으로 스며들었다.
 좌선하는 시간은 '나'라는 존재를 만날 수 있는 유일한 시간이며 내 자신의 허물과 그릇됨을 면밀히 살피게 되며 반성하게 한다. 나는 이 시간이 더없이 좋았다. 겨우 반시간의 입정이지만 그 고요함이 건네는 충만한 기쁨으로 하루를 마칠 수 있다는 게 얼마나 큰 행복인지….

 이튿날 새벽잠에 취해 부시시 눈을 뜨자 우리 반 스님들의 표정들이 심상치가 않았다. 간밤에 무슨 일이 벌어진 것이 분명했다.
 반장인 무량 스님이 지대방으로 치문반을 긴급 소집했다. 우리는 모두 한 자리에 모였다. 반장인 무량 스님이 무거운 표정으로 입을 열었다.

"잠자리에서 일어나 보니 원묵 스님이 안보이던데 혹시 보신 분 계십니까?"

"아무래도 그 스님 보따리를 쌌는갑네. 아까운 인물이 떠났구먼. 쯧쯧쯧…."

노익장 지문 스님이 원묵 스님의 간물장을 열어보더니 텅 빈 것을 확인하고 혀를 찼다. 원묵 스님의 간물장 문에는 그 스님의 좌우명인 '물같이 바람같이' 라고 쓴 붓글씨만 달랑 붙어있을 뿐이었다.

선운 스님이 안쓰러운 표정을 지으며 조용히 입을 열었다.

"어제까지만 해도 아무런 일없이 잘 지내던 스님이었는데…. 가려면 미리 한 마디 말이라도 해야 이유라도 알고 붙잡기라도 하지…."

"큿…, 큿, 가는 사람 잡지 않고 오는 사람 막지 않는 게 절 집 풍습인데, 강원 떠나는 사람이 무슨 자랑이라고 인사를 하고 떠난답니껴. 갈 땐 말없이 떠나는 게지. 큿…, 큿…. 물같이 바람같이 살라고 여기 써붙여 놨네. 큿…, 내 참, 그럼 여기 남아있는 스님네들은 붙잡혀 사는 걸로 알았나 보네."

월봉 스님의 말에 모두들 쓴웃음을 지었다. 도반들의 곁을 떠나버린 스님이 안타깝기도 했지만 훌훌 털고 떠나버린 스님 뒤에 남아있는 우리들의 존재가 무가치하게 느껴질 수도 있기 때문이었다.

"자아 우리 모두 마음속으로나마 원묵 스님이 어느 도량에 가든지

간에 수행 잘하기를 기원합시다. 강원 첫날부터 지금에 이르기까지 그놈의 보따리 수도 없이 쌌다 풀렀다 안해본 스님이 어디 있겠습니까. 오죽하면 이 총림사 강원을 졸업하면 보살의 경지에 오른다 라는 말이 생겼겠어요. 참고 인욕하는 것이 수행이려니 생각하고 심기일전해서 우리들이나마 잘 견뎌 봅시다."

무량 스님은 무거워진 반 스님들의 표정들을 번갈아 살피며 말했다. 원묵 스님이 강원을 떠난 이유가 무엇이든 간에 남아있는 스님들은 다시금 마음을 굳게 다지는 계기로 삼아야 했다.

이렇게 해서 우리는 석달 전 대경 스님을 떠나 보낸 후 도반과의 이별을 두 번째 맞게 된 셈이었다. 생각해 보니 요즘 들어 그다지 힘든 상황이 일어난 것도 없었다. 또 상반 스님들이 우리 반 스님들에게 가혹한 경책을 준 일도 없었다. 이런 상황에서 묵묵히 강원 생활을 잘 견디던 원묵 스님이 보따리를 싸고 떠난 것은 의문이었다. 수각장에서는 온통 원묵 스님이 속퇴를 할 거라는 이야기가 우리 반 스님들 입에 분분하게 오르내렸다. 나는 원묵 스님이 다른 절에서 잘 살아가길 빌고 또 빌었다.

새벽 예불을 마치고 우리 반 스님들은 찰중인 덕장 스님에게 불려갔다. 우리 반의 원묵 스님이 강원을 떠났기 때문이었다. 우리 반 스님들은 뚜렷이 지은 죄도 없이 온갖 경책을 들어야만 했다.

덕장 스님은 경책을 하는 가운데 잡생각이 잦아들면 자신이 해야 할 도리를 망각한다는 말을 하면서 충격적인 표현을 썼다. 다름 아닌 말고삐를 느슨하게 풀어 놓으면 말이 도망을 간다는 비유를 든 것이다. 그 많은 비유를 두고 하필 스님들을 말에 비유하다니. 듣기가 매우 거북했다. 결론적으로 반시간이 넘는 경책의 골자는 우리 하반 스님들이 다른 생각을 못하도록 강도 높은 규율과 경책으로 대응할 것이라는 일종의 경고인 셈이었다.

절 집은 관례와 규율이 엮어낸 통제와 제약이라는 울타리 안에서 스님들 스스로 수행력을 기르는 곳이다. 속세 사람들이 생각하기에는 스님들의 살아가는 모습이 어렵고 힘들게 비추어질지 모르겠지만 정작 스님들에겐 그 통제와 제약이라는 것이 아주 편안하고 자연스럽게 생활 속에 배어 있다. 그래서 특별히 힘들고 어렵게 느껴지지는 않는다.

물론 처음에는 개인적으로 불만을 가질 수도 있겠지만 한 해 한 해 살아가는 동안 점점 익숙해지는 과정을 통해 진정한 스님으로 다시 태어나는 것이 아닐까. 스스로의 선택에 의해 승단에 발을 디뎠으니 그 생활이 불만스럽거나 생리에 맞지 않는다면 승가를 떠나는 것 역시 스스로의 선택이니 말이다.

자유 정진 시간에 나는 잠시 짬을 내어 극락전 노스님을 찾아갔다. 극락전을 갈 때 아름드리 참나무가 일렬로 늘어서 있는 꼬부랑 외

길로 들어서면서부터는 나뭇잎 사이로 비치는 햇살의 징검다리 위를 총총 뛰어가는 것은 나만이 느끼는 재미였다. 햇빛을 밟고 뛰어가면 재미도 있거니와 우울한 기분이나 화가 나 있더라도 그런 기분이나 생각들이 폴짝폴짝 뛰는 사이에 어느 샌가 훨훨 날아가 버리기 때문이었다.

이따금 스님을 찾아가 뵐 때마다 느끼는 이 평온하고 안락한 기분은 마치 긴 여정 끝에 고향을 찾는 기분이라고나 할까.

노스님은 언제나 손자를 반기는 할아버지처럼 훈훈한 미소로 나를 반기셨다. 또 과일이나 차를 주시며 노스님의 향그러운 마음을 열어 보이기도 하셨다. 게다가 강원에서 벌어지는 별의별 이야기나 불만을 주저리주저리 늘어놓아도 정답게 귀를 기울여 들어주시니 극락전은 이름 그대로 나의 극락이요 마음의 안식처인 셈이었다.

"스님, 지원이 왔습니다."
"어서 들어오게."
"그동안 법체 평안하셨는지요?"
"허허허…. 그래 지원이 덕분에 잘 살아가고 있네, 허허허…."

스님께 삼 배를 올리고 곁에 앉았다. 여름이 되니 노스님 방의 향취가 더더욱 물씬 배어나오는 듯 했다. 나는 언제나 그랬듯이 방 걸레를 깨끗하게 빨아 노스님의 방을 한차례 닦았다. 누가 뭐라 하지 않아도 이런 일에 선뜻 팔을 걷어붙이는 내 성격을 노스님께서는 잘 아셨다.

그래서인지 애써 말리지도 않으셨다.

"지원아. 오늘은 날씨도 덥고 하니 내 등목 한번 해주지 않으련?"

"스님. 날씨는 더워도요 수각장 물이 산 계곡 물이라 보통 차가운 게 아녜요. 등목은 말구요, 수건을 물에 적셔서 등 닦아 드릴께요."

"그래. 그것도 좋지 허허허…."

나는 노스님의 간물장에서 수건을 꺼냈다. 한달 전 노스님의 벽장과 간물장을 정리해 드렸었는데 차곡차곡 갠 내의와 양말, 몇 벌 안되는 옷가지들이 그때 그대로 가지런히 놓여 있었다. 노스님은 아마도 옷가지들을 흐트러뜨리지 않으려고 조심스럽게 의복을 꺼내입으시는 것 같았다.

간물장 안에 문득 눈의 띄는 노스님의 누더기 두루마기. 노스님 평생에 단 한 벌뿐인 두루마기는 청빈한 삶의 표상이었다. 두루마기를 슬쩍 꺼내보니 팔 소매와 옷고름이 낡아 너덜너덜 해어져 있었다. 나는 두루마기를 꺼내 들었다.

"제가 등목해 드리고 이 두루마기를 꿰매 드리면 안될까요?"

"허허허…. 앞으로 입지 않을 옷인데 꿰매서 뭣에 써."

"왜요? 곧 가을이 되어 날씨가 추워지면 입으셔야 할텐데요. 제가요 보기에는 덜렁거려도요 바느질 하나만큼은 기가 막히게 잘 한다구요."

"쯧쯧쯧…, 그 망상 또 시작이구먼."

"스님. 기대하셔도 좋을만큼 제가 잘 수선해 드릴께요."

"허허, 지원이 고집이 보통이 아니구나. 그래, 맘대로 하게나."

나는 두루마기를 제자리에 두고 수건을 들고 방을 나섰다. 수각장에서 세숫대야 하나 가득 차가운 물을 길어오니 노스님께서 미리 상의를 벗으시고 툇마루에 좌정하고 계셨다. 나는 수건을 빨아 노스님의 등을 닦기 시작했다.

"시원쿠나…."

"스님. 물이 차갑지 않나요?"

"차갑긴, 아주 시원한 걸. 지원이 덕분에 이런 호강을 다 해보는구나."

"스님. 돌아오는 보름부터는 삭발 목욕일에 극락전에 와서 스님 등도 밀어드리고 삭발도 해드릴께요."

"그래 주면 좋지…."

노스님의 작고 여윈 등을 닦는 동안 손끝으로 전해지는 체온이 따스한 정겨움으로 느껴졌다. 노스님의 멀고 먼 세월의 흔적처럼 주름 골 깊은 목언저리를 보니 왠지 노스님 역시 옛날 이 자리에서 또 다른 노스님의 등을 닦아 주셨을 것이라는 상상이 불현듯 들었다. 만일 먼

훗날 누군가가 나의 등을 닦아준다면 오늘의 이 이야기를 들려주어야 겠다는 생각을 마음속 깊이 담아 놓았다.

"오늘 저희 반 스님 중에요, 한 스님이 보따리를 싸서 떠났어요."
"그래? 강원에서야 비일비재하게 일어나는 일이지…. 왔다가 떠나가고 떠나갔다 다시 돌아오고…."
"반 스님들은 그 스님이 속퇴할 거라고 그러던데…."
"모든 게 인연 따라 흘러가는 게야. 사미들이야 아직 반승반속 半僧半俗이니 쉬 마음을 접을 수도 있겠지."
"반승반속이오?"
"그래, 겉은 스님 모습이지만 출가를 한 지 얼마 안되어 속세의 습이 남아 있으니 이미 굳어져 버린 의식이나 관념을 버리지 못하고 행동하겠지."
"전 그 스님이 총림사를 떠났지만 다른 절에서라도 오래오래 스님으로 살았으면 좋겠어요."
"지원이도 먹물이 든 모양이로구나, 허허허…. 그래 그 스님이 속퇴를 하든 스님으로 살든 그 스님 살림일진대 네가 무슨 상관이냐."
"그래도 도반이잖아요…."
"도반이라…. 그래 그렇지…. 수고했다, 한결 시원하구나."
노스님께서 돌아 앉으시며 석삼을 입으셨다. 나는 수건을 수각장으로 가져가 깨끗이 빨아 널었다. 그리고 다시 스님 방으로 돌아와 두루

마기와 실과 바늘을 들고 나와 툇마루에 걸터앉았다. 나는 노스님의 해어진 소맷자락에 천조각을 대고 꿰매기 시작했다. 도반 이야기에 조금 시무룩해진 내 마음을 읽으셨는지 스님께서 먼저 말씀을 건네셨다.

"불이문不二門의 의미를 아느냐?"

"일주문을 지나 절로 들어오는 두 번째 문이 아닌가요?"

"차별이나 상대를 초월한 절대 평등의 진리를 말해주는 문이네. 둘이 다르지 아니하고 같음을 의미하지. 승가와 속세가 둘이 아니듯 말이네. 부처님의 눈으로 우주를 바라보면 승가다 속세다 하고 선을 그을 수 있겠느냐? 사바 세계에 미혹한 중생들이 스스로 벽을 만들고 선을 긋는 것이지. 중요한 것은 우리 마음이 문제인 게지. 무슨 말인지 알겠느냐?"

"예…."

"속퇴를 하든 스님으로 살아가든 언젠간 깨달음의 자리에서 다시 만나게 될 거니라. 지원이가 스님이라고 먼저 그 깨달음에 다다를 줄 아느냐? 먼저가 무슨 의미가 있으며 또 나중이라면 어떠하냐. 시간과 공간의 차원을 뛰어넘어 바라보면 오늘 당장 도반이 걸망을 지고 삼문 밖을 나갔다 해도 눈 깜짝 할 사이 억겁이 흘러 다시 만나게 되지. 세월은 그만큼 빨리 흘러 버릴 터이니 지원이는 다른 생각 말고 현재의 네 마음이나 잘 살피거라."

"예… 스님."

스님의 이야기를 듣고 있는 사이 한쪽 소매 해어진 부분을 나름대로 솜씨를 부려 꽃무늬로 꿰매었다.

"스님, 여기 보세요."

"아니, 이게 무어냐?"

"예쁘잖아요. 얼마나 정성을 들였는데요."

"사내 녀석이 하는 짓하곤. 예끼 이놈아! 이렇게 해 놓으면 어찌 입

으라고."

"스님은 참. 화단에 꽃들은 잘 기르시면서…."

"허허…."

어느덧 자유 정신 시간이 끝나가고 있었다.

"스님 내일 다시 와서 마저 꿰매 드릴게요."

노스님께 인사를 올리고 극락전을 나섰다. 두루마기를 수선하는 동안 스님께서 말씀하신 반승반속과 불이문의 의미가 머릿속을 떠나지 않고 줄곧 맴돌았다. 생각해 보니 나는 스님이 된 것을 마치 큰 벼슬을 한듯이 우쭐했던 적도 있었다. 스님의 말씀을 음미하자니 그런 내 지난 날들이 부끄러웠다.

간경 시간이 되어 대방에 들어가 앉았다. 노스님의 법문을 들은 탓인지 칠판에 또박또박 쓰여진 찰중 스님이 만든 새 규율을 읽으니 웃음이 나왔다. 반승반속의 찰중 스님에게 너무 잘 어울리는 발상이기 때문이었다. 그러나 달리 생각하면 어쩌면 저러한 규율이 반승반속의 우리 강원 스님들을 잘 지켜줄 수도 있을 것 같았다.

출가를 하였다 하면 통념상 모두 스님이라 일컫지만 실은 진짜 스님 즉 비구 스님이 되려면 사미계를 받고 사 년이라는 세월이 흘러야 한다. 그 이전에는 사미라 불리는데 우리 강원 스님들과 같이 대부분 출가한 지 얼마 되지 않은 스님들은 아무리 나이를 많이 먹어도 사미이다. 물론 사미승도 스님이긴 하지만 제대로 비구계를 받는 스님이 되려면 그만큼 수행을 해야 한다.

　수행이라 하면 보통 육바라밀로 대신 설명한다. 풀어서 이야기하면, 자비로운 마음을 내어 보시를 하고, 오롯한 마음으로 계율을 지키며, 인욕하는 마음으로 자신의 상을 지워 온갖 편견과 불만에 가득찬 생각을 떨쳐버리고, 한 우물을 파듯 끈기있게 정진하여 고통스러운 일들을 반갑게 맞이하면서 극복하고, 선정된 고요함을 간직하여 솟구쳐 오르는 감정을 제어하고, 지혜를 일으켜 바른 행을 하는 것을 이른다. 이러한 수행의 길이 말처럼 쉽지만은 않기 때문에 평생 수행하시는 스님들을 보면 저절로 존경심이 일어나는 것은 바로 그 까닭이 아닌가 싶다.

　솔직히 절 집 수행이 모든 사람에게 그리 쉬운 것은 아니다. 어떤 사람에게는 스님으로서의 생활이 편하고 생리에 맞을 수 있지만 다른 사람에겐 정말 하루하루가 고통스러울 수도 있기 때문이다. 선방의 한 스님께 들은 이야기인데 그 스님이 사미계를 받을 때 백여 명의 도반이 있었다고 한다. 그러다 사 년 후, 비구계를 받을 때에는 삼십여 명밖에 남지 않았다고 한다. 그만큼 진정한 스님이 된다는 것은 힘들고 어려우며 아무나 쉽게 할 수 있는 것이 아니라는 것이다.

　나는 원묵 스님이 속퇴를 할 것이라는 반 스님들의 이야기에 동조하지 않기로 했다. 노스님 말씀을 되새겨 원묵 스님이 '원묵씨'가 되더라도 언제까지나 깨달음의 길을 함께 걸어가는 도반으로 마음 깊이 새겨 놓을 것이다. 그리고 앞으로 절을 찾는 나이 든 보살님이 내게 법당의 벽화가 무슨 뜻이냐고 묻는다면 퉁명스럽게 포교 국장 스님께 여쭤 보세요 하지 않고 도반을 대하듯 정성껏 설명을 해주어야겠다고 다짐했다.

칠판 앞으로 다가간 우리 반 스님들의 얼굴색이 일시에 하얗게 질렸다. 나는 다리가 후들거려 그 자리에 서 있는 것조차 힘이 들었다. 이 무슨 일이란 말인가. 도무지 믿을 수 없는, 차마 믿겨지지 않는 청천벽력이 우리들 눈앞에 펼쳐져 있었다. 칠판 위에는 신문 한장이 붙어 있었다. 신문에는 '산사의 여름'이라는 큰 제목 아래 우리 반 스님들이 상수원 호수에서 물놀이하는 사진이 대문짝만하게 실려 있었다.

나는 옷을 말릴 생각으로 승복을 벗어 나뭇가지에 걸다가 옷을 벗은 김에 아예 속옷까지 벗어 던지고 물 속으로 뛰어 들었다. 이런 내 모습을 가만히 구경만 할 혜솔 스님이 아니었다. 혜솔 스님도 번개같이 옷을 벗고 나를 쫓아 물 속으로 다이빙을 했다. 내 목까지 차는 수심이라 그다지 깊게 느껴지지는 않았다. 하지만 나는 혜솔 스님을 위해 수심이 낮은 물가에서 물장구를 치며 놀기로 했다. 이 얼마만에 하는 물놀이인가.

중복이 되자 더위는 절정을 향해 치달았다. 올해 여름은 여느 해보다 빨리 온 데다 예년 같지 않은 무더위가 기승을 부렸다. 흔히 산사의 여름은 시원할 것이라 생각하기 쉽다. 그러나 절집이라고 더위가 비껴가는 것은 아니다. 물론 매일 계곡에 나가 발을 담그고 물놀이를 하거나 계곡 물에 담근 수박이라도 잘라 먹는다면 더없이 시원할 것이다. 하지만 빠듯한 하루 일과 속에서 살아가는 강원 스님들에게 그런 여유는 말 그대로 꿈같은 환상일 뿐이다.

에어컨은 상상도 못할 일이고 그 흔한 선풍기조차 없는 총림사에선 방정맞게 흔들어 대는 부채질조차 용납되지 않는다. 다만 정오의 자유 정진 시간에 근처 산길을 따라 포행을 가거나 수각장에서 찬물 한 번 끼얹는 것으로 잠시나마 더위를 씻을 수 있을 뿐이다. 다행인 것은

지척에 있는 푸른 산의 풍광과 시원한 계곡의 물소리를 가까이 할 수 있다는 것이다. 그 정도만 해도 스님들은 속세 사람들에 비하면 참으로 혜택받은 존재구나 생각하면서 자족하고 여름을 보낸다.

더욱이 총림사에는 맑은 기운으로 모기가 없다. 하여 밤에 문을 열어 놓고 잠을 자더라도 모기에게 피를 보시하는 경우가 없어 이것만으로도 부처님께 감사할 따름이다.

문수대에서 오전 강의를 마치자 반장 무량 스님의 진행으로 회의가 열렸다.

"자자, 여러분 주목해 주세요. 여러 스님들. 요즘 더운 날씨에 공부하느라 고생이 많으십니다. 지금 마을에서도 올 여름이 기록에 남을 정도로 무더위가 기승을 부린다고 난리가 아니랍니다. 여러 스님들도 피부로 느끼시다시피 총림사도 하루가 다르게 더워지고 있잖습니까. 오늘은 중복이고 해서 말인데요. 제가 새로운 제안을 하나 할까 하는데 여러분 들어보시겠습니까?"

"무슨 말씀이신데유?"

무량 스님의 말이 끝나기도 전에 뚱보 각인 스님이 두 눈을 끔뻑이며 물었다. 다른 스님 역시 무량 스님의 새로운 제안이라는 이야기에

솔깃하여 귀를 기울였다.

"에…, 오늘 오후에 야외 수업을 받겠다고 제안을 해볼 생각인데 어떻습니까?"

"워메 좋은 거! 지는 대찬성이구먼유."

반 스님들은 우레와 같은 박수갈채를 보내 무량 스님의 계획에 절대적으로 찬성했다. 순식간에 강의실은 축제 분위기로 바뀌었다.

"고마, 오데로 야외 수업 갈라카능교?"

"네에, 광진 스님. 질문 잘 하셨습니다. 야외 수업이니만큼 놀러가는 것이 아니니 가까운 계곡이 좋겠지요?"

"반장 스님예, 지한테 좋은 생각이 있어예."

"혜솔 스님 말해 보세요. 어디 좋은 곳 봐둔 데 있나요?"

"청련암 뒤에 있는 계곡이 어떻겠어예? 거긴 관광객도 몬들어가고 등산로도 없어서 등산객도 없는 거 스님들도 잘 알잖아예."

"거기는 총림사 상수원이 아닌가?"

"맞아예. 그래서 그 계곡에는 스님들 외에는 아무도 얼씬 못하지예."

"허기사 절에서 그리 멀지도 않고 사람들이 없는 곳이니 거기가 딱 안성맞춤이겠군. 어때요, 스님들. 청련암 뒤 계곡으로 가는 것이."

"좋습니다! 좋아요!"

반 스님들은 무조건 좋아요를 외쳤다. 결국 만장일치로 오후의 간경 시간에 청련암 뒤 계곡에서 야외 수업을 하기로 결정했다. 찰중 스님에게 아직 허락을 받은 것은 아니었지만 우리 반 스님들의 마음은 벌써 시원한 계곡에 발을 담그고 있었다.

"지원 스님예. 그 계곡예, 물도 깊고 물고기들도 엄청 많아예."
"혜솔 스님은 어떻게 그렇게 잘 아는데?"
"지가 청련암에서 자랐잖아예. 거기가 지 홈그라운드 아니겠어예. 거기예, 총림사 상수원 한다고 물을 막아놔서예 완전히 수영장 같아예. 이따 가기 전에 꼬옥 수건 준비해가세예, 알겠지예?"
"후후후…, 만약 우리가 그 물에 들어간다면 나중에 그 물 우리가 마시는 거잖아."
"히히히…. 물 속에서 오줌만 싸지 않으면 되지예, 히히히…."
"과연 우리 반 스님들이 거기서 공부를 할까?"
"헤헤헤…, 말이 야외 수업이지예. 계곡에서 무슨 공부가 되겠어예. 스님 같으면 물 속에 안들어가고 싶겠어예?"
"하하하. 난 계곡에 발만 담그고 한 세 시간 푸욱 낮잠이라도 자면 소원이 없겠다."
대방으로 돌아가는 안행길. 혜솔 스님과 나는 계곡에서 있을 재미있는 상황들을 이야기하며 한창 꿈에 부풀었다. 마치 소풍을 떠나는 초등학생 아이들처럼 스님들의 행렬은 구름 위를 걷는 듯 발길음도 가벼웠다.

오전 간경 시간에 우리 반 스님들은 얌전한 고양이들처럼 책상에 정좌하고 열심히 간경을 했다. 여느 때보다 더 두 눈에 불을 밝히고 목청을 높여 열심히 경공부를 하는 우리 반 스님들의 모습을 보는 상반 스님들은 조금 의아해 하는 눈치였다.

사시 예불과 공양을 마치고 자유 정진 시간이 되자 반장인 무량 스님은 노익장 지문 스님과 현우 스님을 대동하고 찰중 스님을 찾아갔다. 우리 반 스님들은 지대방에서 숨을 죽이며 우리들의 밀사를 기다렸다. 몇 분의 시간이 흘렀을까. 지대방 문을 열고 들어서는 반장 스님의 환한 표정을 바라보고 모두들 입을 틀어막은 채 환호성을 질렀다.

"자아 자, 쉿! 모두들 조용히 하고 각자 자유 정진 시간을 여유있게 만끽하세요. 그리고 오후 두 시 일단 대방에 집결했다가 찰중 스님께 인사를 드리고 야외 수업을 하러 가겠습니다. 오늘만큼은 누구도 자리 지키는 시간에 늦지 않도록 단단히 주의해 주세요. 다된 밥에 코 빠뜨리지 말자구요."

찰중 스님의 허락이 떨어졌다면 야외 수업은 이루어진 거나 다름이 없었다. 스님들은 제각기 콧노래를 부르며 지대방을 빠져나갔다. 여느 때 같았으면 모두들 모자라는 잠을 보충하느라 몸이 늘어져 있을 터인데 들뜬 기분에 잠도 오지 않는 모양이었다.

삽시간에 자유 정진 시간이 흘러갔고 우리 반 스님들은 약속대로 오후 간경 시간인 두 시가 되기 전에 모두 대방에 모였다. 스님들은 책을 뒤적이며 향학열에 불 타오르는 모범생들처럼 자리에 앉아 공부를 했다.

드디어 오후 간경 시간. 대방에는 전 강원의 학인들이 책상마다 들어 앉았다. 반장 스님의 수신호에 맞추어 우리 반 스님들은 일제히 찰중 스님의 책상 자리로 가서 절을 하고 꿇어 앉았다. 덕장 스님이 목청을 가다듬으며 말했다.

"매년 여름이 되면 각 반마다 한 차례씩 야외 수업을 하곤 했지요. 스님들 반만 특혜를 주는 것이 아니니 그렇게 아세요. 오늘 야외 수업을 하겠다고 해서 제가 허락은 했습니다만 놀러가는 게 아니니 각별히 행동을 주의하시고 사고 없이 소임 시간 전까지 돌아오시기 바랍니다. 그리고 스님들 반에는 유별나게 문제를 일으키는 요주의 인물이 한 두 명이 있는 것이 아니니 그 스님들은 스스로 각별히 조심하세요. 요즘은 한창 휴가철이라 관광객들이 많으니 혹여 그들의 눈에 띄더라도 신심이 절로 우러나오도록 총림사 스님다운 품행을 지키셔야 합니다."

"뿌우우웅, 뿌루락."

하필이면 이 순간 월봉 스님의 주책없는 방귀 소리와 함께 지독한 냄새가 풍겨져 나왔다. 월봉 스님의 방귀에 대한 오랜 경험의 소산으로 우리 반 스님들은 일제히 숨을 멈추었다. 우리 반 스님들은 얼굴이 붉어지도록 호흡을 멈추고 일그러지는 찰중 스님의 표정을 살폈다. 혹시나 여기서 일이 잘못되면 어쩌나 하며 눈치를 보았다. 다행히 찰중 덕장 스님은 별다른 마음의 동요가 없는 것 같았다.

"흠, 흠, 참으로 역겹군요…. 그래, 반장 스님. 어디로 가신다 하셨지요?"

"예, 등산객 입산 금지구역인 청련암 뒤 계곡 쪽으로 갈까 합니다."

"깊은 산중이라도 사람들의 이목이 도처에 깔려 있으니 각별히 주의하세요. 그리고 거긴 총림사 상수원이 있는 곳이니 물에 들어갈 생각은 아예 생각지도 마시고요. 알겠습니까?"

"예!"

찰중 스님은 우리 반 스님들을 날카로운 눈빛으로 차례로 보며 일장 연설을 늘어놓았다. 일장 연설은 반시간이 지나서야 마무리 되었고 스님들은 겨우 대방에서 빠져 나올 수 있었다.

처마 위로 구름 한 점 없는 하늘이 우리들의 마음을 알아주기라도 하듯 푸르디 푸르게 펼쳐져 있었다. 우리 반 스님들은 싱글벙글 입가에 웃음을 머금고 차례대로 줄을 서서 안행하며 청련암 계곡으로 향했다.

혜솔 스님 말대로 우리들이 도착한 청련암 뒤편 계곡에는 댐 건설로 생긴 둥그런 호수가 있었다. 호숫가에 늘어선 스님들은 맑디맑은 자연의 빛깔에 흠뻑 취해 절로 경탄을 토해 내었다. 물 속까지 들여다 보이는 잔잔한 호수 바닥에는 색 바랜 낙엽들이 빛나는 하얀 자갈과 함께 융단처럼 드리워져 있었고 산천어인지 송사리인지 이름 모를 많은 물고기들이 떼를 지어 수초 사이를 헤엄치고 있었다. 스님들은 당장이라도 물 속에 뛰어 들어갈 것 같은 표정들이었지만 어느 정도 공부를 마치고 쉬는 시간을 주겠다는 반장 스님의 말에 별다른 불만을 나타내지 않았다.

마침 상수리나무의 시원한 그늘이 드리워진 호수의 가장자리에 평평한 평지가 있었다. 스님들이 자리를 잡고 앉기에 적당한 큰 암석들이 의자처럼 놓여 있었는데 마치 누군가가 우리를 위해 일부러 만들어 놓은 것처럼 야외 수업 장소로는 아주 제격이었다.

스님들은 제각기 크고 작은 바위 위에 앉아 책을 펼쳐 들었다. 산새 소리와 더불어 스님들의 간경 소리는 박자를 맞추어 작은 호숫가에 울려 퍼졌다.

아, 이 얼마나 아름다운 순간인가. 지금의 이 모습을 그림으로 그려 낸다면 분명 불후의 명작이 될 듯 싶었다. 나조차도 이런 풍경의 일부분이 되는 느낌이었다. 그 분위기에 휩싸여 책을 읽는 시간은 그리 오래 가지 않았다.

"스님들 여기까지 와서 이렇게 책만 읽을 작정인감?"

노익장 지문 스님이 슬그머니 책을 덮자 우리 반 스님들은 일시에 약속이라도 한 듯 모두 책을 덮어 버렸다. 어쨌든 몇 줄이나마 경책을 읽었으니 야외 수업을 한 셈이었다. 쉬는 시간을 갖는다 해도 당당해질 수 있었다. 스님들의 마음이 이심전심으로 통하자 반장 스님이 쉬는 시간 선포를 했다.

"자, 스님들! 공부는 이만하고 지금부터 두 시간 가량 쉬는 시간을 가지도록 하겠습니다. 너무 멀리들 가지 마시고 이 근처에서 쉬자구요."

"예!"

몇몇 스님은 일찌감치 자리에 드러누워 낮잠을 청했다. 나머지 스님들은 우르르 물가로 몰려갔다. 스님들은 둑에 걸터앉아 물에 발을 담그고 더위를 식히거나 나뭇가지에 적삼을 벗어 걸쳐놓고 세수를 했다. 한 스님이 공중 위로 물을 뿌리자 물방울들이 햇살을 받아 보석처럼 빛나고, 수면 위에 그려지는 파문들은 평화로운 호수의 고요함을 흔들어 깨웠다.

나는 혜솔 스님과 함께 두 팔을 걷어붙이고 물가에 앉아 고무신으로 송사리를 잡았다.

"스님예. 들어왔어예. 어서예!"

"엥, 벌써 도망갔잖아. 혜솔 스님 꺼나 신경 써. 괜히 내 고무신 보면서 소리치니까 고기들이 그 소리에 놀라 다 도망가잖아."

사람의 손길이 닿았을 리 만무한 호수의 순진한 물고기들은 겁도 없이 우리 곁에 몰려들어 헤엄치며 놀고 있었다. 잡힐 듯 말 듯 송사리와 실랑이를 벌이는 일은 여간 재미있는 게 아니었다. 하지만 우리들에게 물고기가 잡힐 리 만무했다. 그러자 조금씩 오기가 나기 시작했다. 처음에는 그냥 재미 삼아 잡아볼까 했는데 아무리 애를 써도 고기가 잡히지 않으니 약이 올랐다. 나는 화가 치밀어 올라 냅다 고무신으로 물 위를 후려쳤다. 설마 했는데 송사리 두 마리가 물 위에 동실 떠오르는 것이 아닌가.

"아니? 이를 어떡해…."

"어? 스님, 고기 잡았네예."

"그게 아니고…, 어쩌면 좋지…."

"죽은 거 같아예. 스님, 살생하면 안되는 거 아입니꺼?"

"야! 조용히 좀 얘기해라. 딴 스님들 듣겠다."

물 위에 떠 있는 송사리 두 마리를 보며 어쩔 줄 몰라 안절부절하고 있는데 다행히도 송사리가 다시 물 속으로 쏘옥 들어가는 게 아닌가.

"어라, 이것들이 기절했었나 보네. 히히히…."

"스님 나쁘다. 스님 좋다고 몰려드는 송사리들을 고무신짝으로 때리기나 하고. 난 죽었는지 알고 얼마나 놀랐는데예."

"히히히…, 그래도 안 죽었잖아. 혜솔 스님, 그냥 눈 감아주라, 응."

혜솔 스님에게 두 손 모아 싹싹 빌고 있는데 '풍덩' 하는 소리와 함께 거센 물살의 파문이 우리 곁으로 밀려왔다. 광진 스님이 물 속으로 뛰어든 것이었다. 거기에 질세라 무량 스님과 현우 스님, 진호 스님과 선운 스님도 홀라당 옷을 벗고 물 속에 뛰어 들었다.

그때였다. 어느 틈에 우리 가까이로 헤엄쳐 온 광진 스님이 우리를 향해 물장구를 치는 바람에 수많은 물방울이 날아왔다. 순식간에 벌어진 일이라 우리는 피하기도 전에 흠뻑 젖어 버렸다.

"으휴! 광진 스님. 이러기가 어딨어요. 옷이 물에 다 젖었잖아요."

"고마 징징대지 말고 퍼떡 물 속으로 들어온나. 오늘 수영 안하마 평생 후회할 끼다."

나는 옷을 말릴 생각으로 승복을 벗어 나뭇가지에 걸다가 옷을 벗은 김에 아예 속옷까지 벗어 던지고 물 속으로 뛰어 들었다. 이런 내 모습을 가만히 구경만 할 혜솔 스님이 아니었다. 혜솔 스님도 번개같이 옷을 벗고 나를 쫓아 물 속으로 다이빙을 했다. 내 목까지 차는 수심이라 그다지 깊게 느껴지지는 않았다. 하지만 나는 혜솔 스님을 위해 수심이 낮은 물가에서 물장구를 치며 놀기로 했다. 이 얼마만에 하는 물놀이인가. 어린 시절 친구들과 수영장에 놀러 갔었던 일이 까마득하기만 했다. 이렇게 또다시 헤엄을 칠 기회를 가질 줄은 꿈에도 생각하지 못한 일이었다.

수면 위로 부서지는 황금 햇살
푸르른 하늘은 물이 되었네

매미들의 합창 소리에 여름은 깊어가고
창공에 메아리 치는 해맑은 웃음소리
가슴 벅찬 이 기분, 그 누가 알까
혹여 꿈이 아닐까 살포시 눈 감으면
살랑이며 불어오는 솔바람이 나를 깨우네

송사리 떼와 함께 물 속을 가르며
호숫가의 스님들은 아이가 되고
자연이 되네

   물 속에 들어오기를 꺼려하던 각인 스님과 지경 스님도 덩치 큰 청암 스님의 손에 이끌려 물 속에 빠지고서야 옷을 벗고 들어와 함께 물놀이를 했다. 패를 갈라 물싸움도 하고 릴레이 수영 시합도 하며 시간 가는 줄 모르고 놀았다. 어느 정도 지치기 시작하자 스님들이 하나 둘 둑으로 나와 드러누웠다. 이글거리는 햇살은 우리들의 알몸에 머물며 물기를 말리고 살갗을 익혔다. 우리는 햇살에 익어가는 구수한 살내음을 맡으며 앞뒤로 번갈아 돌아누우며 일광욕을 즐겼다. 이 순간, 지구상 최고의 피서를 하는 기분이었다.
   "거기 누구요?"
   선운 스님이 일광욕을 즐기다 갑자기 소리를 질렀다. 나는 피뜩 정신을 차리고 물었다.

"왜요, 선운 스님?"

"저기 저쪽… 봐. 저쪽을 보라구."

선운 스님이 손으로 가리킨 곳을 돌아보니 등산객으로 보이는 두 사람이 황급히 계곡 아래로 내려가고 있었다. 선운 스님의 고함소리에 놀란 우리 반 스님들은 일제히 자리에서 일어나 앉았다.

"누가 여기까지 들어왔지? 분명히 입산금지라고 계곡 입구에 팻말이 붙어 있는데."

반장 스님이 개운치 않은 표정으로 말했다.

"설마 우리들이 노는 걸 지금까지 지켜 봤겠어요? 올라오다 스님 고함소리에 지레 놀라서 도망간 거겠지요."

현우 스님이 애써 우리를 위로했지만 선운 스님은 그래도 마음이 놓이지 않는 모양이었다.

"과연 그랬을까?"

"이거 원 어디 맘 편한 곳이 없군. 자, 여러분. 소임 시간도 다 되었고 하니 돌아갈 채비를 합시다."

반장 스님의 목소리가 높아졌다.

등산객에게 보여주어서는 절대로 되지 않는 우리들의 모습을 보여준 것만 같아 하산하는 길은 기분이 영 엉망이었다. 우리 반 스님들은 총림사로 길을 재촉했다. 계곡을 내려오며 무량 스님은 우리 반 스님의 마음을 풀어주기 위해 재미있는 이야기 보따리를 연신 풀어냈다.

그 노력 때문에 스님들의 표정은 다시 밝아질 수 있었다.
 나 역시 오늘처럼 우리 반 도반 스님들이 똘똘 뭉쳐 함께 한 즐거운 시간을 잊을 수 없을 것 같다. 오늘 같은 날은 평생 살아가면서 좋은 기억 중 하나로 남기고 싶다. 어쩌면 우리 반 스님들 모두 나와 같은 마음일 것이다.

 대방으로 돌아온 스님들은 전혀 아무 일도 없었다는 듯 시침을 떼며 자리에 앉았다. 언제나처럼 우리는 다시 일상 속으로 들어와 있는 것이다.
 그날의 일은 굳이 서로 약속하지 않아도 일급비밀이었다. 그래서인지 아무도 계곡에서 있었던 그 즐거웠던 이야기를 입 밖에 꺼내지 않았다.

 우리 반 스님들이 유쾌한 야외 수업을 하고 돌아온 지 딱 일주일째 되는 수요일이었다. 아침 강의를 마치고 대방에 들어와 보니 살벌한 기운이 감도는 게 아닌가. 대방에는 미리 수업을 마치고 들어온 상반 스님들이 자리를 지키고 있었는데 하나같이 우리 반 스님들을 바라보는 표정이 심상치 않았다.
 영문을 몰라 어리둥절하고 있는 우리 반 스님들을 향해 상원 스님이 대방 한쪽에 걸려 있는 칠판을 눈짓으로 가리켰다. 우리 반 스님들은 칠판 앞으로 몰려갔다.

아니, 이럴 수가!

칠판 앞으로 다가간 우리 반 스님들의 얼굴색이 일시에 하얗게 질렸다. 나는 다리가 후들거려 그 자리에 서 있는 것조차 힘이 들었다.

이 무슨 일이란 말인가.

도무지 믿을 수 없는, 차마 믿겨지지 않는 청천벽력이 우리들 눈앞에 펼쳐져 있었다. 칠판 위에는 신문 한장이 붙어 있었다. 신문에는 '산사의 여름'이라는 큰 제목 아래 우리 반 스님들이 상수원 호수에서 물놀이하는 사진이 대문짝만하게 실려 있었다.

늘 낙천적인 광진 스님이 사진을 보며 입을 열었다.

"혜솔 스님 궁댕이가 고대로 나와뿌릿구만."

그러자 곁에 섰던 각인 스님이 섭섭하다는 투로 말했다.

"워매 이를 워쩌. 스님들이 전부 다 나왔는데유…, 근디유…, 아무리 살펴봐도 지는 사진에 안나왔나 봐유?"

나는 어이가 없어 하면서도 각인 스님의 말에 대꾸를 하지 않을 수 없었다.

"스님은 참. 저기 나무 아래 구석에서 웃통 벗고 누워 있는 게 스님 아니에요?"

"헉! 그런감네유."

그날 우리는 장장 네 시간에 걸친 길고 긴 대중공사를 받았다. 그리고 언제나 그랬던 것처럼 삼복더위를 무색하게 할 뜨거운 열기를 내뿜으며 삼 일 낮 삼 일 밤을 쉴 새 없이 참회의 절을 했다. 아마도 다른 스님들이 아무리 절을 많이 했다 해도 한번에 이만큼 많은 절을 하지는 못할 것이라는 확신이 들 정도로 우리는 수없이 많은 절을 하고 또 했다.

결국 우리들의 여름은 극락이 따로 없을 것 같은 아름다운 호숫가에서 평생 잊지못할 추억을 쌓았고 또한 그것으로 인해 평생해도 못다할 참회의 절을 한 일이 아직도 뼈저린 기억으로 남아 있다.

용맹정진

산꼭대기에서 보는 하늘은 참으로 맑았다. 발 아래로 푸른 바다가 물결치듯 첩첩 산중이 병풍처럼 펼쳐졌다. 깊게 숨을 들이키며 두 팔을 벌리고 있으니 온 우주가 나의 것이요, 대자연이 나와 하나가 된 듯한 기분이 들었다. 이번 용맹정진을 통해 절실히 깨달은 한가지가 있다면 바로 고요함 속에서만이 자기 자신을 똑바로 바라 볼 수 있다는 가르침이다.

잠을 못 이겨 뒤로 넘어가고 앞으로 나동그라지는 바람에 머리에 혹이 생긴 스님들도 한 두 명이 아니었다. 그때마다 경책 죽비를 맞은 것은 물론이었다. 십 분간의 경행 시간에도 화장실 벽에 쪼그려 앉아 잠을 청하거나 공양 시간 발우를 목전에 두고 조는 통에 공양을 거르는 일도 생겼다. 심한 경우에는 어른 스님이 마주 보고 있는데도 다리를 뻗고 잠을 자는 스님들도 생길 지경이었다.

"어떻게 칠일 낮, 칠일 밤을 잠도 안자고 견딘다냐아."

"그러게 말여유. 지두 걱정이네유. 하지만 선방 스님들은 매년 하는 걸유. 우리도 같은 사람인데 못하라는 법 있것시유?"

"허기사…, 죽기야 하것어? 각인 스님 말마따나 죽기 아니면 까무 러치기로 덤벼야것지."

"참선은 둘째 치구 수마睡魔에 시달려 온통 잠이 쏟아진다는디유."

"허리에 파스 붙이고 복대를 두르면 워쩔까잉?"

"졸다가 앞으로 거꾸러지지 않으려면 복대는 고사하고 널빤지를 배 위에 붙여야 할 꺼구만유."

스님들이 쉬고 있는 지대방 한쪽 구석에서 노익장 지문 스님과 각인 스님이 속닥대며 앞으로 있을 용맹정진에 대한 이야기를 주고받고 있었다.

때마침 다상을 펼치고 차를 달이던 현우 스님 곁으로 몇몇 스님들이 둘러앉자 자연스럽게 차담을 나누게 되었다.

"용맹정진이 내일 모레로 성큼 다가왔는데 뭘 준비해야 할지 도통 모르것네."

"지문 스님두 참. 몸과 맘만 가지고 선방으로 가면 됐지 뭘 준비해요."

"지원 스님은 젊은 혈기인께로 별 걱정이 없겠지만서도, 환갑 가까운 이 늙은이가 그 고행을 워떡게 견뎌내라고…."

"치이, 선방에 구참 스님들은 다 스님 못지 않게 나이 드셨던데 벌

써부터 엄살이세요."

"이구, 내 나이돼 봐… 이럴 줄 알았으면 봄에 보약이라도 한재 지어 먹었으면 좋았을 꺼인디."

내가 지문 스님과 대화를 나누는 것을 묵묵히 듣고 있던 현우 스님이 조심스레 말을 건넸다.

"스님, 제가 차를 준비해 갈 터이니 너무 염려 마이소. 잠을 쫓고 마음을 안정 시키는데 차보다 좋은 게 없다지요."

"스님들이 돼 가지고 뭘 그리 걱정하십니까. 우리같은 강원생들에게는 선방 분위기를 접할 수 있는 좋은 기회지요. 구참 선방 스님들과 어깨를 나란히 하고 참선하는 것만으로도 오히려 감지덕지할 일 아닙니까. 말로만 듣던 불립문자不立文字 교외별전敎外別傳 직지인심直指人心 견성성불見性成佛을 몸소 실천하게 되는 수행다운 수행을 하게 됐는데 장좌불와長坐不臥를 염려하다니요. 총림사 방장 스님 역시 칠순을 넘기신 노구의 몸으로도 벌써 삼십 년 넘도록 장좌불와를 하셨다는데 이제 출가한 지 얼마나 됐다고 용맹정진을 무서워 합니까?"

똑똑이 진호 스님이 안경을 치켜 세우며 열변을 토하자 잠시 정적이 흘렀다.

"선방 스님들이야 다년간 좌복에 앉아있는 게 몸에 배어 있으니 무리가 없겠지만 우리같이 선방 문고리도 잡아보지 못한 사람들한테 갑자기 잠도 자지 말고 정진하라는 게 어디 쉬운 일이것나. 유치원 얼라들 보고 마라톤 완주하라고 하는 거랑 같지. 글고 말이 나왔으니 하는 말인디 화두에 화자도 모르는 우리더러 어떻게 화두를 참구하고 좌복에 앉아 있으라고 그러는지 알다가도 모르것네."

"지문 스님, 오늘 밤 삼천 배 철야 정진하고 나면 내일 새벽에 방장 스님께서 화두를 주신대요. 어찌어찌 하다 보면 날짜가 금방 가겠지요 뭐. 너무 염려하지 마세요. 제가 보기엔 지문 스님께서 제일 잘 앉아 계실 것 같은데요."

"하하하, 그래…."

나는 노익장 지문 스님의 마음을 알 것 같았다. 오늘따라 솔직한 심정을 토로하는 지문 스님이 순수하게 느껴졌다. 어차피 모든 대중들이 한 사람도 빠짐없이 하게 될 용맹 정진이었다. 발심출가한 사내 대장부들이 자존심 상 속으로는 걱정이 될지언정 겉으로는 태연자약하게 의연한 모습을 지키고 있어야 할 터였다. 그러나 지문 스님 말마따나 우리 반 스님들은 은근히 긴장하고 있는 것이 사실이었다. 흐트러짐 없이 한 시간을 앉아 있기가 얼마나 힘이 드는 일이라는 것을 아는 사람은 다 알 것이다. 그런데다 잠도 자지 않고 일주일 동안 참선을 해야 한다는 용맹정진이 눈앞에 닥쳐왔으니 어느 정도 두려움을 가지게 되는 것은 초심자로선 당연한 일이었다.

우리는 밤비가 추적추적 내리는 법당에서 용맹정진의 마음을 다지기 위한 삼천 배 철야 정진에 들어갔다.

따악~, 딱.

적막한 밤. 전 대중은 입승 스님의 죽비 소리에 맞추어 일제히 절을 하였다. 절을 하는 동안 작년 가을 이곳 총림사에 방부를 들인 이후 지금까지 있었던 수많은 일들이 머릿속을 스쳐 지나갔다.

도반 스님들과 함께 했던 정겨웠던 순간들, 도반 스님들에게 저질렀던 잘못과 실수들, 감정에 휩쓸려 행동했던 어리석은 내 자신, 대중들에게 누를 끼쳤던 모든 일들과 가슴 아프고 괴로웠던 편린들까지 새록새록 떠올랐다.

지난 날들을 다시 돌아보는 것이 새삼스럽긴 했지만 용맹정진을 하기 전에 각오를 다지는 지금이야말로 내 자신에게 더없이 솔직해질 수 있는 순간이었다. 돌이켜 보면 이 차디찬 법당에서 머리 조아려 참회를 하던 수많은 나날들조차 오늘에 이르기 위한 필수 과정이었음을 깨닫게 되었다.

문득 고개를 우러러 바라본 부처님은 언제나 그랬던 것처럼 말없이 미소만 짓고 계셨다.

그칠 줄 모르던 빗줄기는 삼천 배를 마친 새벽녘이 되어서야 서서히 잦아들기 시작했다. 기승을 부리던 무더위는 장마가 시작되면서 기세가 꺾인 듯 싶더니 지난 열흘 간 하루도 거르지 않고 지겹도록 비를 쏟아 부었었다. 그러나 철야정진을 했던 스님들의 깨달음을 향한 구도의 염원 덕분이었는지 이내 그친 것이었다. 장마가 스쳐 지나간 산

사의 뜨락에는 고즈넉한 새벽 안개가 내려앉았다. 농부만큼이나 날씨에 민감한 스님들은 충분히 더위가 사그러든 잿빛 하늘을 보며 더 이상 비가 내리지 않기만을 바랄 뿐이다.

아침 공양을 마친 우리들은 대법당에서 방장 스님으로부터 용맹정진에 대한 법문을 듣고 화두를 받았다. 사시 예불과 공양 이후 전 강원 대중이 대방에 모여 강주 스님의 법문을 들었다.
강주 스님은 강원을 떠나 칠일간 선방에서 지낼 대중 스님들이 걱정 되셨는지 용기를 북돋아 주시며 건강하고 무사하게 용맹정진을 마쳐달라는 당부와 격려 말씀을 해주셨다.

다음날 새벽 예불을 마친 대중 스님들은 곧바로 선원으로 향하였다. 스님들의 표정에는 저마다 예사롭지 않은 각오와 결심이 서려 있었다. 일체의 번뇌를 타파하고 무생법인無生法忍을 깨치기 위하여 이른 새벽 선원으로 줄을 지어 걸어가는 스님들의 모습에 한 마음 하나 된 수행자의 정기가 물결치듯 일렁거렸다. 국어사전에도 나와 있지 않는 도반의 의미가 바로 이런 것인가.
깊은 산, 차가운 새벽 공기를 뚫고 깨달음을 향해 걷고 있는 스님들의 행렬을 보고 있노라니 차마 말로는 표현할 수 없는 숭고한 아름다움이 가슴 깊이 스며들었다. 새벽 이슬이 촉촉이 맺힌 풀숲을 가로질러 선원으로 향하는 길에는 전생에 공부를 게을리한 스님들의 환생이라는 '홀딱벗고새'가 새아침을 노래하며 우리들의 행렬을 뒤따라왔다. 우렁차게 들려오는 계곡의 힘찬 물소리와 함께 풀벌레의 울음소리도 오랜만에 들렸다. 자연의 모든 만물들까지도 스님들의 수행 길을 찬탄하는 것 같았다.

선방에 들어선 강원 스님들이 앉을 자리가 정해졌다. 곧바로 선원장 스님의 죽비 소리에 따라 입선에 들었다.

첫날은 자못 진지하게 참선 정진을 하며 하루를 보냈다. 오십 분 참선과 십 분 경행經行으로 짜여진 시간표는 공양 시간을 제외하고는 한 순간도 쉴 틈이 없었다. 또 용맹정진하는 일주일 간은 절대 묵언이므로 선원의 하루는 고요하기만 했다.

마치 진공상태 같은 고요함 속에서 참선을 하고 있으니 정말 많은 생각들이 불쑥불쑥 고개를 들곤 했다. 오로지 한 가지 화두에만 의식을 집중해야 했지만 온몸이 뒤틀리고 잠이 쏟아지는 육체적인 고통이 화두에서 점점 멀어지게 했다. 어떻게 그토록 많은 잡다한 생각들이 머릿속에서 일어나는지 스스로도 놀라울 정도였다.

첫날부터 닷새 동안 그 장장한 시간에 걸친 망상의 여정을 글로 쓴다면 대하소설로 엮어놓아도 수십 권은 만들 수 있는 분량일 것이다. 어린 시절 추억으로부터 오늘에 이르기까지 살아온 하루하루를 너듬어 보기도 했고, 내 주위에 존재했던 모든 사람들과의 인연들을 돌이켜 생각해 보기도 하였다. 그동안 내가 먹었던 온갖 음식의 이름이나 내가 아는 식물 또는 동물의 이름 혹은 강이나 산의 이름 등을 떠올리며 길고 긴 시간을 보낸 것이었다.

뿐만 아니었다. 한 해 한 해 나이를 먹으며 죽는 순간까지 펼쳐질 미래를 상상해 보는 등 선원에서의 칠일 간은 과거, 현재, 미래를 망라한 망상의 소용돌이 그 자체였다. 그러한 망상의 시간들을 채우기 위해 생각을 쥐어짜는 것조차 괴로울 정도였으니 한 시간이 하루같이 길게 느껴지는 것은 당연한 일이었다. 덧붙여 경행 시간을 기다리며 시계를 자꾸 쳐다보게 되는 것도 생각에 지친 또 하나의 나의 소일거리였다.

십 분 간의 경행 시간이 끝난 뒤 좌선 시간에 십오 분 이상 늦게 선방에 들어오면 그 시간만큼 서서 정진을 해야 했고 삼십 분 이상 늦게 들어오면 좌복을 치우고 산문출송山門出送의 엄중한 법이 따르기 때문에 강원 스님들은 이를 악물고 시간을 지켜야만 했다.

엄격하게 짜여진 선원의 일정 속에서 우리 강원 학인들이 가장 힘들어 했던 것은 용맹정진 이전부터 걱정했던 대로 수마睡魔를 쫓는 일이었다. 선방 스님들의 꼿꼿한 자세는 졸음에 시달리는 우리들의 구부정한 자세와 확연히 비교되었다. 잠을 이기지 못하고 자세를 무너트리는 스님들이 용맹정진 이튿날부터 마지막 날까지 끊이지 않았다.

잠을 못 이겨 뒤로 넘어가고 앞으로 나동그라지는 바람에 머리에 혹

이 생긴 스님들도 한 두 명이 아니었다. 그때마다 경책 죽비를 맞은 것은 물론이었다. 십 분 간의 경행 시간에도 화장실 벽에 쪼그려 앉아 잠을 청하거나 공양 시간 발우를 목전에 두고 조는 통에 공양을 거르는 일도 생겼다. 심한 경우에는 어른 스님이 마주 보고 있는데도 다리를 뻗고 잠을 자는 스님들도 생길 지경이었다.

스님들은 용맹정진에 경험이 있는 상반 스님들로부터 수마에 대적

할만한 여러 가지 대응책을 전수 받았다. 박하사탕 입에 물기, 죽염 물을 눈에 넣기, 녹차 잎을 입안에서 오물오물 되씹기, 물파스 가슴에 바르기, 빨래집게로 살 꼬집기, 빨래판을 배 위에 얹고 복대 두르기, 얼음 수건 목에 걸기 등이었다. 스님들은 이러한 온갖 방법을 동원하여 잠 쫓기에 열중하였지만 노력만큼 큰 효과는 보지 못하고 결국 수마에게 함락되는 경우가 대부분이었다.

그러나 굳은 신심과 용맹심을 가지고 묵묵히 정진을 하는 스님들도 많았다. 의외로 지문 스님과 광진 스님은 우리 반의 누구보다 잘 견뎌 가며 열심히 정진했다. 가장 참선을 잘하는 현우 스님은 쉬는 시간이 되면 끊임없이 녹차를 끓여 도반들에게 나누어주며 지친 어깨를 주물러 주기도 하였다. 더욱 나를 놀라게 한 것은 어린 혜솔 스님이 나보다 더 이를 악물고 잠을 이겨내며 정진을 하는 모습이었다. 혜솔 스님을 어린애 취급해선 안되겠다고 생각했던 것도 이때부터였다.

이토록 고단하고 힘든 정진 중에도 사막에서 오아시스를 만난 것처럼 반가운 때가 있으니 자정 즈음이면 어김없이 찾아오는 밤참 시간이었다. 죽 냄비와 차관을 들고 선원 문으로 들어서는 행자들의 모습이 하늘에서 내려온 신선들처럼 보이는 걸 보면 혼미한 의식이 빚어낸 환상이 아닐까. 행자들이 정성을 다해 끓여준 죽과 차를 대할 때면 없던 기력도 되살아나고 정신이 맑아지는 것만 같았다.

닷새가 지나자 내 의식은 모든 생각들이 전부 쏟아져 나온 듯 말라버린 샘물의 바닥처럼 더 이상 아무런 생각도 떠오르지 않았다. 머릿속은 텅 비어 마치 진공상태처럼 느껴질 뿐이었다. 과연 무심의 경지가 바로 이런 것인가 싶은 생각에 스스로 놀라움을 금할 길 없었다. '생각이 끊어진 곳에 오로지 화두만이 남는다' 라는 선방 스님들의 말씀처럼 온갖 잡념을 토해낸 나의 머리는 생각의 끝인 화두만 있을 뿐이었다. 졸음이 몰려오다가도 다시금 정신을 차리고 나면 생각은 오직 화두로만 집중되었다.

　고작 닷새 동안 참선 정진을 해온 나조차도 이렇듯 온갖 잡된 생각이 사라지는 느낌인데 평생 참선 정진만을 해왔던 스님들의 의식은 얼마나 맑고 고요할까를 생각하니 맞은 편에 앉아 계신 수좌 스님들이 참으로 존경스러웠다.

　옛 스님들이 자리에 한번 앉으면 엉덩이가 짓무르는지도 모르고 정진하셨다는 일화를 생각하면 단 십 분도 참지 못하고 잠들어 버리는 내 자신이 더없이 부끄럽게 느껴졌다. 하루 해가 지면 서산을 바라보며 두 다리를 뻗고 울었다는 옛 수행자들의 깨달음을 향한 간절한 구도심을 닮으려면 얼마를 더 정진해야 근처에나마 닿을 수 있을까. 용맹정진은 편하게만 살려고 했던 나에게 구도 고행이 얼마나 힘드는 일이라는 것을 다시금 일깨워 주었다.

　칠일째 되는 마지막 날 이른 새벽 세 시. 드디어 용맹정진을 마치는 죽비가 내려졌다.
　선원을 나와 안행을 하고 돌아가는 길은 칠일 전 선원으로 오던 때의 심정과는 사뭇 다른 묘한 감동이 밀려왔다. 기대했던 것처럼 뭔가 대단한 깨우침을 얻은 것은 아니었지만 소중한 것을 얻은 것처럼 뿌듯한 보람이 가슴 가득 차 올랐다. 새벽 하늘을 바라보니 반짝이는 별들이 곧바로 내 가슴으로 쏟아질 것만 같았다. 부처님께서도 새벽 별을 바라보며 대도를 깨우치셨다는데…. 언젠가 나도 선원에서 정진하시는 스님들처럼 내 안의 우주를 바라보며 참다운 수행의 길을 갈 것임을 굳게 다짐했다.

아침 공양을 마치고 강원 스님들은 불영산으로 산행을 하였다. 모두들 지쳐 있어 산행은 무리일 것이라 염려했던 것과 달리 스님들의 표정은 밝았고 발걸음도 매우 가벼웠다. 나 역시 용맹정진을 마치면 삼일쯤 내리 잠을 잘 것만 같았는데 이상하게도 잠이 오지 않았다. 오랫동안 선방에 있다 보니 잠을 아예 잊은 것일까. 피곤함을 느낄 수 없을 정도로 산행은 즐겁기만 했다.

산꼭대기에서 보는 하늘은 참으로 맑았다. 발 아래로 푸른 바다가 물결치듯 첩첩산중이 병풍처럼 펼쳐졌다. 깊게 숨을 들이키며 두 팔을 벌리고 있으니 온 우주가 나의 것이요, 대자연이 나와 하나가 된 듯한 기분이 들었다.

이번 용맹정진을 통해 절실히 깨달은 한가지가 있다면 바로 고요함 속에서만이 자기 자신을 똑바로 바라볼 수 있다는 가르침이다. 신성스러운 분위기만을 쫓아 성전을 찾는 것은 마음공부를 하는 사람의 마음가짐이 아니다. 작은 방 한 켠, 그저 자신을 돌아볼 수 있는 공간이라면 어느 곳이든 상관없는 일이다.

그동안 휩몰아치는 감정을 앞세워 참회를 했던 기억을 더듬어 보면

아주 잠깐 환희의 순간이 찾아오거나 때로 격한 감성의 울림을 거치면서 조금이라도 맑아졌다고 생각했던 기분들은 착각이었다는 것 역시 알게 되었다. 진정한 반성은 감성이나 감정이 일구어낸 눈물이 아니라 고요함 속에 존재하는 자신을 들여다보는 것이다.

이제는 오솔길에 피어있는 산초나 불쑥 솟아있는 돌부리 하나 조차도 내 눈에는 또 다른 의미로 다가온다. 겨우 일주일 간의 용맹정진이었지만 그것을 통해 내가 얻은 가르침들을 하나 하나 정리해 가는 동안 어느 사이 성숙해지고 있는 내 자신을 만나게 되었다.

노스님의 열반

먼 기억 속 할머니 방을 연상케 했던 노스님 방의 체취는 진한 들국화 향기가 뒤덮어 더 이상 노스님의 체취가 풍겨 나오지 않았다. 시야가 흐려지는 내 눈에는 단정하게 앉아 계신 노스님이 금방이라도 고개를 돌려 나를 반겨주실 것처럼 보였지만 아무리 불러도 눈을 뜨지 않으셨다. 열반에 들어 계신 노스님의 입가에는 잔잔한 미소가 어려 있었다.

노스님께서 내게 해주신 거룩한 법문들이 떠올랐다. 나는 눈물을 훔치며 품에서 가지고 온 물건을 꺼내 들었다. 지난 봄, 노스님을 처음 만난 그날 스님께서 손수 깎으셨다고 하시며 내게 주신 죽비였다. 노스님의 손때 묻은 죽비를 하늘 높이 받쳐들었다. 평생을 수행 정진히 시면서 사용히 셨을 노스님의 죽비를 허늘을 향해 높이 들고 세 차례 소리를 내어 때렸다.

용맹 정진을 마치자 도량에는 가을이 성큼 다가왔다. 여름과 함께 산사에 모여들었던 선방의 스님들은 걸망을 짊어지고 하나 둘 총림사를 떠나갔다.

선원의 스님들이 산사를 떠나고 나니 총림사의 드넓은 도량에 휑한 찬바람이 불어오는 것 같다. 생자필멸生者必滅이요 회자정리回者定離라고 했던가. 만남은 헤어짐이 따르고 헤어짐은 다시 새로운 만남을 기약한다는 가르침이 가슴에 와 닿았다.

강원의 스님들은 가을 맞이에 한창이었다. 강원 대중 스님들의 가을 맞이 준비 중 가장 중요한 일은 다름 아닌 산사의 겨울을 대비한 창호지 바르기 울력이었다. 워낙 깊은 산중이라 낮과 밤의 기온 차가 많이 나기 때문에 초가을 문턱에서부터 겨울을 준비해야만 하는 것이다.

매년 창호지를 새로 바르기는 하지만 워낙 많은 사람들의 살고 있어서인지 일 년 사이에 노랗게 색이 바래 버리거나 너덜너덜해져서 몇 년은 묵은 것처럼 보였다.

창호지 울력이 있는 날 이른 아침부터 스님들은 분주하게 일손을 놀리기 시작했다. 우선 문틀에서 문을 떼어낸 뒤 물을 흠뻑 묻힌 물수건으로 문에 붙은 묵은 창호지를 뜯어내는 일부터 시작했다. 미리 창호지를 칫수에 맞게 재단해 놓은 다음 걸쭉하게 끓여 식힌 풀을 하얀 창호지에 고루 발라 햇볕이 잘 드는 양지에 말리는 정성 어린 과정을 거쳐야 한다. 무슨 일이든 순서가 있듯이 우리 치문반 스님들은 처음 맞는 대중 살림 준비에 상반 스님의 지시를 받으며 일사분란하게 움직였다.

내가 맡은 일은 말갛게 잘 개어놓은 하얀 풀죽을 휘휘 저어가며 창호지 위에 풀을 바르는 작업이었다. 가을 햇살을 받아 눈이 시릴 정도로 새하얀 창호지 위에 반짝이는 풀을 바르고 있노라면 나도 모르게 묘한 환상에 빠지게 된다. 네모난 창호지를 물끄러미 바라보고 있으니 마치 순백의 설원 속으로 빠져드는 듯했다. 그러나 나와 한조가 된 각인 스님의 불만 섞인 목소리는 상상의 나래를 무참히 꺾었다.

"시방 뭐 하는 거여유. 풀이 마루 위로 질질 떨어지고 있구먼유."
"어휴 내 정신아…. 죄송해요, 각인 스님…."
"어따 정신을 홀딱 빼고 자꾸 이런디유. 요즘 내가 쭈욱 살펴보니 혼을 빼놓고 사는 게 용맹정진하고 나서 더 심해졌구먼유."

"히히히, 제가 한시도 화두를 놓지 않고 사나 보죠. 뭐어…."

"화두고 뭐고 스님이 당장 해야 할 일이나 해야 할 것 아녀유."

"알겠어요, 스님. 잘할께요."

"구석구석 풀 좀 잘 발라유. 여기 봐유. 이렇게 들뜨는 게 풀을 잘 바르지 않아서 그렇다니께유. 끄트머리께에도 빠뜨린 데 없이 꼼꼼하게 발라유. 알것씨유?"

"예, 스님."

나름대로 열심히 창호지 위에 풀칠을 한 것 같았지만 각인 스님의 핀잔은 끊이지 않았다.

금강전에 쭈욱 늘어놓은 문짝들은 군대의 사열식과도 같이 일정한 간격을 두고 늘어서 있어 꽤나 볼만한 풍경을 이루었다. 풀에 젖어 축 늘어졌던 창호지가 한나절 따가운 햇빛을 받아 팽팽하게 말라갈 즈음에 찰중 덕장 스님이 마지막 뒷정리를 하는 우리 반 스님들 곁으로 다가왔다.

"올해는 단풍이 일찍 물들었더군요. 여기 이 단풍잎이랑 은행잎을 종이와 함께 삼각형으로 오려서 손잡이 부분에 붙이도록 하세요."

덕장 스님은 내게 빨갛고 노랗게 물

든 단풍잎을 건네주었다. 감성이라곤 눈꼽만치도 찾아볼 수 없는 차가운 심성의 스님이라는 내 고정관념을 깨는 덕장 스님의 새로운 면모에 나는 눈을 크게 떴다.

"지원 스님. 뭘 그리 물끄러미 쳐다보나?"

"아, 아녜요. 그런데…, 어떻게 하라고 그러셨지요?"

"내가 시범을 보여주지."

덕장 스님은 창호지를 정삼각형으로 오린 다음 풀칠한 종이 위에 두 개의 단풍잎을 모양내어 올려놓고 손잡이 부분에 붙였다. 단풍잎은 얇은 창호지에 자연스럽게 내비쳐 손잡이 부위를 곱게 수놓았다. 덕장 스님은 친절하게 시범을 보이고는 자리를 떠났다. 각인 스님과 나는 잠시 어리둥절했지만 이내 신나고 유쾌한 기분으로 대방의 문에 예쁜 단풍잎으로 치장하는 일에 몰두했다.

전 대중이 함께 한 창호지 울력은 사시 예불이 시작될 즈음에야 모두 끝났다.

사시 공양을 마치고 자유 정진 시간이 되자 창호지 울력의 수고에 대한 포상이었는지 대중 공양으로 단감이 나왔다. 단감 한 박스를 배당 받은 우리 반 스님들은 지대방에 도란도란 모여 앉아 단감을 깎아 먹었다. 나는 슬그머니 단감 세 개를 주머니에 집어넣고 자리에서 일어났다.

"스님 어디가셔예?"

혜솔 스님이 의아한 표정으로 물었다.

"응? 나 잠깐 밖에 일이 좀 있어서…."

"스님은 이따금 말없이 어디론가 사라지셔예. 재미있는데 있으면 지두 데려가셔예. 혼자만 가지 말구예."

"아… 아냐. 혜솔 스님. 여기서 감 깎아 먹구 있어. 금세 돌아올게."

고개를 갸우뚱거리는 혜솔 스님을 뒤로 하고 나는 도망치듯 지대방을 나와 수각장으로 향했다.

수각장에서 단감을 깨끗이 씻은 후 작은 접시에 담아 노스님이 계시는 극락전으로 내달렸다.

극락전 마당에 들어서자 뜨락 가득 만발한 노란 들국화가 나를 반겨 맞았다. 고개를 숙여 들국화가 뿜어내는 진한 꽃내음을 흠뻑 들이키고는 그 향기로움에 취해 고개를 들어 하늘을 바라보았다. 하루가

다르게 높아만 가는 하늘에는 고추잠자리 몇 마리가 한가로운 오후를 즐기고 있었다.

"스님 계셔요? 저 왔어요, 지원이요. 스님…."
노스님의 낡은 고무신은 댓돌 위에 가지런히 놓여있는데 방안에서는 아무런 인기척이 없었다. 왠지 이상한 기분이 들어 쪽마루에 올라 조심스레 문을 열어 보았다. 문 틈으로 스며드는 따사로운 햇살 아래 노스님께서는 좌복에 앉아 계셨다.
노스님께서는 내가 꽃무늬를 놓아 절대 입지 않으시겠다던 두루마기를 입고 계셨다. 방안에서 두터운 두루마기를 입고 계신 것이 조금은 의아했지만 내심 기분은 좋았다.
"스님, 제가 단감을 좀 가지고 왔어요."
단감 접시를 들고 성큼 방안으로 들어섰는데도 노스님께서는 아무 말씀이 없으셨다. 불길한 예감이 들었다. 나는 나도 모르게 툇마루까지 뒷걸음질 치며 물러섰다.
"… 스님…."

노스님께서는 미동도 하지 않으셨다. 숨소리도 들리지 않는, 한없는 고요가 흐를 뿐이었다. 시간이 정지되어 버린 것만 같고 아무런 생각도 떠오르지 않았다. 그 순간 내 몸이 돌처럼 굳어 버렸다. 나는 단감 접시를 마루 바닥 위로 떨어트렸다. 마당으로 구르는 주홍빛 단감

이 눈에 들어오지 않았다.

"스님…. 스님! 저 왔어요…. 스님!"

힘없이 문가에 주저앉아 떨리는 목소리로 노스님을 불러 보았지만 스님께서는 여전히 대답이 없으셨다. 내 귓가에는 얼굴을 타고 소리 없이 흐르는 눈물이 졸졸졸 흐르는 시냇가의 물소리처럼 들릴 뿐이었다.

먼 기억 속 할머니 방을 연상케 했던 노스님 방의 체취는 진한 들국화 향기가 뒤덮어 더 이상 노스님의 체취가 풍겨 나오지 않았다. 시야가 흐려지는 내 눈에는 단정하게 앉아 계신 노스님이 금방이라도 고개를 돌려 나를 반겨주실 것처럼 보였지만 아무리 불러도 눈을 뜨지 않으셨다.

열반에 들어 계신 노스님의 입가에는 잔잔한 미소가 어려 있었다.

하늘도 노스님의 입적을 슬퍼하는지 비가 촉촉이 내리는 가운데 애닯게 들려오는 염불 소리와 함께 운구 행렬이 이어졌다. 강원의 대중 스님들이 든 오색 빛깔 만장 행렬은 물결치듯 그 뒤를 따르고 노스님의 부음을 전해들은 선객 스님들도 각 지방에서 모여들어 노스님이 떠나시는 마지막 길을 추모했다. 제가 신도들도 노스님의 입적을 애통해 하며 연화대에 오르는 길 위에 구슬픈 눈물을 뿌렸다.

운구의 행렬이 연화대에 이르러 스님의 법구法柩는 연화대 안으로 봉안되었다. 스님들의 장엄한 염불 소리는 산을 울리고 곧이어 거화

擧火가 시작되었다.

"스님 집에 불났습니다. 어서 나오십시오."
"스님 집에 불났습니다. 어서 나오십시오."
"스님 집에 불났습니다. 어서 나오십시오."

스님들이 목 메인 함성 속에서 타오르는 불길 위로 솟구쳐 오르는 주홍빛 티끌이 하늘로 산산이 흩어졌다. 나는 우두커니 서서 화염 속의 연화대를 망연자실 바라보았다.

노스님의 미소가 불길 속에서 아른거리는 듯하다. 그리고 내 눈에는 아무 것도 보이지 않는다.
그런가 싶더니 노스님의 '허허허' 하시는 웃음소리가 들려온다. 그러나 나의 귀에는 아무 것도 들리지 않는다.
노스님의 손을 잡은 듯 따스한 체온이 느껴진다. 그리고 나의 손에는 아무 것도 잡히지 않는다.

가슴에 머물러 있는 잔잔한 기억 속에서 선명하게 떠오른 스님이 내게 손짓을 하셨다.
'꿈속에서만 살지 말고 늘 현실을 바로 보고 살아야지…. 그렇게 맹하니 아까운 시간을 흘려 버리기만 하면 쓰겠나. 밥 먹을 때는 밥 먹는데 열심히 하고 잠을 잘 때에는 잠자는데 열심히 하고 공부를 할 때는 역시 공부를 열심히 해야 하는 게지…. 매사에 한 생각으로 정신을 모아서 어떤 일이든 그 일에 전념하게나.'

'허허허…. 꽃을 보면서 죽음을 관하는 자가 몇이나 될꼬. 지원아, 모든 이들이 괴로워 울고 있을 때 마음의 평정을 찾아 고통이 어디에서 오는가 바라보거라. 모든 이들이 행복에 겨워 웃고 노래를 부를 때 고요히 눈을 감고 기쁨이 어디에서 오는가 바라보거라. 고통도, 슬픔도, 행복도, 기쁨도 모두 자기 안에서 일어나기 때문이니라. 외물에 마음을 빼앗겨 자신의 정신을 잃지 않는 것이 수행자의 길이니라.'

'먼저가 무슨 의미가 있고 또 나중이라면 어떠하냐. 시간과 공간을 뛰어넘어 바라본다면 오늘 당장 도반이 걸망을 지고 삼문 밖을 나갔다 해도 눈 깜짝할 사이 억겁이 흘러 다시 만나게 되지. 세월은 그만큼 빨리 흘러 버릴 터이니 지원이는 다른 생각 말고 네 마음이나 잘 살피거라.'

노스님께서 내게 해주신 거룩한 법문들이 떠올랐다. 나는 눈물을 훔치며 품에서 가지고 온 물건을 꺼내 들었다. 지난 봄, 노스님을 처음 만난 그날 스님에서 손수 깎으셨다고 하시며 내게 주신 죽비였다.
노스님의 손때 묻은 죽비를 하늘 높이 받쳐들었다. 평생을 수행 정

진하시면서 사용하셨을 노스님의 죽비를 하늘을 향해 높이 들고 세 차례 소리를 내어 때렸다. 그리고 나는 다짐했다. 스님을 다시 만나 뵙는 그날까지 열심히 수행을 하겠노라고….

떠나가는 길

이른 아침 공양을 마치자마자 방학을 떠나는 스님들은 일찌감치 싸놓았던 바랑과 짐을 금강전 툇마루에 늘어 놓았다. 상반 스님들이 한 달간의 방학을 떠나갈 때에는 단출한 바랑 하나가 전부였는데 고작 칠일 간의 방학을 떠나는 우리 반 스님들의 짐은 마치 다시는 돌아오지 않을 사람처럼 덩치가 커서 피식 웃음이 흘러나왔다. 이것 역시 만행 길에 미숙하기만한 햇스님들이 한번쯤 겪어야 할 일인 것만 같았다.

아쉬운 작별인사를 하고 우리 일행은 산을 내려갔다. 정말 오래간만에 불영산 자락을 떠나는 순간이었다. 산을 내려가는 동안 계곡의 다리나 길가의 상점을 지나칠 때면 작년 겨울 총림사에 들어서던 때가 선명한 기억으로 되살아났다. 입산을 할 때 버스 안에서 만난 괴물 광진 스님이 영양보충을 한다며 다섯 덩어리의 햄버거를 순식간에 먹어치워 나를 놀라게 했던 일들이 바로 엊그제 같은데 어느덧 일 년이 지났다는 사실이 실감나지 않았다.

가을이 깊어간다. 깊어가는 계절처럼 마음도 무르익어 가는 것 같다. 처음 총림사에 방부를 들일 때를 돌이켜 생각해 보면 마치 살얼음 위를 걷는 것만 같았던 대중생활의 나날들이었다. 그에 비하면 지금은 모든 일들이 체습體習이 되어 평온하고 차분함을 느낄 정도가 되었으니 사람 역시 자연과 함께 변하는가 보다.

모였다 하면 이야기 보따리가 봇물 터지듯 쏟아지는 무량 스님도 한층 말수가 적어졌고 덜렁거리듯 몸을 뒤흔들며 걷던 광진 스님의 행동도 몰라보게 다소곳해졌다. 똑똑한 척하며 서릿발 같은 바른말을 곧잘 하던 진호 스님도 이젠 농담과 함께 부드러운 미소를 짓는 여유를 보인다. 여러 부류의 사람들이 대중속에 함께 뒤엉켜 살아가는 동안 자신도 모르게 모난 부분들이 탁마琢磨된 것이리라.

　불영산의 단풍은 전국에서도 손꼽힐 정도로 아름다운 풍경을 연출한다. 불이 번져가듯 하루가 다르게 산 정상을 향하여 짙어가는 단풍의 빛깔들이 산과 계곡을 현란하게 수놓았다. 구름 한점 없는 산사의 가을 하늘은 도시에서 보던 하늘과는 비교도 되지 않을 정도로 맑디 맑아 눈동자 위로 파아란 물이 또옥똑 떨어질 것만 같다.
　이토록 세상 만물은 끊임없이 변화하면서 새로운 풍경을 펼쳐준다. 그러나 극락전 노스님의 다비식이 거행된 지 시간이 한참 흘렀음에도 높디 높은 가을하늘을 바라볼 때나 붉게 물들어 가는 가을 단풍을 바라볼 때면 불현듯 노스님의 얼굴이 떠올라 착잡한 심경을 달랠 길이 없다.

　"지원 스님. 고마 요즘 따라 와 그리 고개를 꽉 수구리고 다니노? 무슨 안좋은 일이라도 있나?"
　아침 강의를 마친 강사 스님께서 강의실을 나서자마자 뒷자리에 앉은 광진 스님이 내 옆구리를 찌르며 말을 건넸다.
　"아니에요. 안좋은 일이 뭐 있겠어요. 왜요? 스님 무슨 하실 말씀이라도…."
　"낼 모레면 해제방학인디 우디 갈낀데? 내사마 일주일동안 강원도 산골에서부터 동해 쪽으로 한바퀴 쭈욱 돌라카는데 지원스님 함께 안

갈라교?"

"스님이랑요? 하하하… 정말 좋은 계획이네요. 근데… 저 서울에 가야 하는데 어쩌지요. 강원에 와서 맞는 첫 방학인데… 은사 스님을 찾아가 뵈어야지요."

"인사 퍼뜩 드리고 뛰나오면 안되겠나?"

"아무래도 그러기는 힘들 것 같아요. 스님을 따라 가면 정말 재미있을 테지만 뭐… 다음 기회에 함께 가요, 스님."

"치아라 마! 다음 기회가 어디 있노. 다시 생각해 보그라."

옆에서 이야기를 엿듣고 있던 각인 스님이 끼어들었다.

"안간다고 하잖아유. 아니 안간다는 사람 붙잡고 뭘 그렇게 애걸복걸한대유. 지원 스님 얼굴에 꿀 발라 놨시유? 말이야 바른 말이지, 공부를 잘해 지적 자산이라도 있어유, 재치있고 번뜩이는 유우머가 있어유. 말이라도 좀 수준있게 하면 얘기 상대라도 하지유. 이건 원 유치찬란… 유치찬란…"

어떻게 생각하면 맞는 말 같기도 했지만 한 편으론 은근히 나를 욕하는 것 같기도 한 각인 스님의 엉뚱한 말에 나는 어이가 없어 할 말을 잊고 말았다.

"각인 시님은 와 나서는데? 누가 스님더러 같이 가자카는교?"

"워구메, 쯧쯧쯧… 같은 반 도

반끼리 의리도 없이 차별하시면 안되지유. 나는 왜 안되는 거예유. 말해 보셔유. 지는 사람으로 보이지도 않는감유?"
"이 시님이…."
"누가 뭐 진짜 스님하고 방학 나가고자퍼서 이러는지 알아유? 안가유, 안가. 스님이 도시락 싸들고 달라붙어서 애원해도 못가유. 그래유. 초록은 동색이고 가재는 게편이라드니 삼치들끼리 잘들 놀아보라구유."
"뭐라? 삼치."
"으이그, 백치. 천치. 골치들이 삼치지유."
이때 가을철을 맞아 새로 반장이 된 현우 스님이 웅성거리는 강의실 분위기를 정돈하였다.
"스님들. 여기 주목해 주세요. 이틀 후면 저희 반이 방학을 나가는 것을 누구보다도 스님들께서 잘 아시리라 믿습니다. 그래서 방학을 나가기에 앞서 조 편성을 하도록 하겠습니다…."

이틀 후면 앞서 해제 방학을 맞아 강원을 떠났던 사집반 스님들이 돌아올 터라 다음 차례로 해제 방학을 떠나는 우리 치문반 스님들의 화제는 온통 방학 이야기였다.
하안거 해제 이후 대교반과 사교반 스님들에게는 약 한 달간의 방학이 주어지지만 사집반과 치문반에게는 보름씩 주어진다. 그러나 최고 하반인 치문반의 경우 두개 조로 나뉘어 보름의 반을 쪼갠 일주일

동안의 방학이 주어지게 된다. 워낙 큰 절 살림인지라 스님들이 모두 절을 떠나버리면 사중일에 차질을 빚기 때문이다. 하지만 고된 시집살이처럼 힘든 나날의 연속인 우리에게 일주일이라는 방학기간은 얼마나 소중한가.

노익장 지문 스님과 광진 스님, 전 반장 무량 스님, 안경잡이 진호 스님 그리고 뚱뚱이 각인 스님과 함께 나는 첫 일주일 조에 합류해 방학을 맞게 되었다.

간단히 회의를 마치고 강의실을 나오는데 각인 스님이 입을 비쭉이며 나를 바라보는 것이 자꾸 마음에 걸렸다. 언제부터인지 정확히 기억이 나진 않지만 나를 바라보는 시선이 예전같지 않다는 것을 이미 느끼고 있던 터였다. 무엇이 그의 심사를 뒤틀리게 만든 것일까. 아무리 생각해도 이유를 알 수가 없었다.

각인 스님이 나를 싫어하든 미워하든 일단 마음을 접어놓고 못본 체 하기로 했다. 당장 각인 스님과 맞붙어 싸울 기세로 노려볼 수 있는 배짱도 없었을 뿐더러 그렇다고 잘 봐달라고 살살거리며 그의 기분을 맞출 수도 없는 노릇이었다.

이튿날부터 스님들은 분주하게 방학 준비를 하기 시작했다. 밀린 빨래를 하거나 무명옷에 풀질을 해서 승복을 손질하기도 하고 간물장에 쌓인 물건들을 죄다 들어내어 정리를 하며 바랑에 담기도 했다.

간물장과 옷박스를 정리하다 보니 처음 강원에 들어왔을 때보다 몇 배가 넘는 물건들이 쏟아져 나왔다. 조금씩 쌓여만 가는 내 개인 소지품들을 보면서 나조차 놀라지 않을 수 없었다. 지난 일 년간 강원에서 받은 책들만 모아도 라면박스로 두 개는 족히 될 정도였다.

나머지 반은 옷가지들이었는데 겨울 옷과 봄가을 옷, 여름 옷까지 포함하면 그것 역시 만만치 않은 분량이었다. 뿐만 아니라 속내의며 양말 따위 등 반드시 필요한 물건들이 한 두 가지가 아니었던 것이다.

깊은 산사에서 보낸 불과 일 년 동안의 강원 생활이었지만 나같은 최하 강원생에게 이토록 많은 살림이 늘어나 있는 것에 대해 스스로도 아찔하게 느껴질 정도였다. 무소유를 지향하며 살아야 하는 스님에게 이토록 많은 짐보따리가 나올 줄은 꿈에도 생각지 못했다.

무소유의 고고한 정신과 현실적 물질의 소유욕이 서로 부딪치면서 온갖 갈등이 일어났다.

어지러운 마음을 가라앉히고 머리를 골똘히 굴리며 생각한 끝에 나름대로 정의를 내려 보았다. 생하여 일어난 물질에 탐착심을 가지는 것이 소유이며 불가피한 소유가 생기더라도 소유의 의식마저도 언제든 버리고 떠날 수 있는 자유로운 마음가짐을 가지는 것이 무소유라고….

그러나 과연 내 책들과 옷가지들에게 얼마만큼의 애정을 갖는 것이 좋은가에 대한 의문이 꼬리를 물고 떠올랐지만 그것은 나중에 정리하기로 했다.

저녁 예불을 마친 후 저녁 간경시간은 자유 정진으로 대신하였다. 방학을 나간 전체 대중 소임자를 대신하여 사집반의 반장 소임자가 죽비 삼타로 자유 정진 선포를 내리자 모두들 환호를 보냈다.

나는 어둠이 내려앉은 밤길을 손전등 하나를 들고 공중전화가 있는 일주문으로 발길을 재촉했다. 맑은 밤공기를 들이키니 기분도 상쾌하고 발걸음도 가벼웠다. 똑같은 길을 걷고 있는데도 예전에 어머니에게 전화를 드리기 위해 밤길을 걸을 때와는 사뭇 다른 기분이었다. 공중전화에 다다르자 주머니에서 동전을 꺼내 전화기에 밀어넣고 번호를 눌렀다. 신호음이 끝나자 반가운 음성이 들려왔다. 은사 스님이었다.

"여보세요?"

"스님. 저 지원입니다."

"어인 일이냐?"

"스님. 그동안 법체 평안하셨는지요."

"나는 잘 있단다. 그래, 지원이는?"

"실은 내일부터 하안거 해제 방학이라 서울에 올라가거든요."

"듣던 중 반가운 소리로구나. 그래, 어서 오너라. 지원이를 위해 맛있는 거 준비하고 있을 테이니."

기쁨에 넘치는 은사 스님의 목소리를 듣고 나니 빨리 은사 스님을 뵙고 싶었다. 스님과의 통화가 끝나자 어머니 얼굴이 떠올랐다. 애초에 여기로 오기 전에는 스님께 전화를 드리고 나서 부모님께도 전화를 할까 했었는데 막상 은사 스님께 전화를 드리고 나니 선뜻 부모님께 전화를 걸 용기가 나지 않았다. 내일 은사 스님을 뵙고 난 이후 당장 부모님을 만날 수 있게 될지 미지수였기 때문이다. 오히려 너무 큰 기대감으로 노심초사 기다리지나 않으실까, 또는 서운한 감정이 들지는 않으실까, 이런저런 생각이 떠올라 차마 전화를 걸 수가 없었다. 나는 서울에 올라가서 은사 스님과 함께 있는 동안 기회를 보아 전화를 드려야겠다고 마음을 고쳐먹었다.

이른 아침 공양을 마치자마자 방학을 떠나는 스님들은 일찌감치 싸 놓았던 바랑과 짐을 금강전 툇마루에 늘어 놓았다. 상반 스님들이 한 달간의 방학을 떠나갈 때에는 단촐한 바랑 하나가 전부였는데 고작 칠 일 간의 방학을 떠나는 우리 반 스님들의 짐은 마치 다시는 돌아오지 않을 사람처럼 덩치가 커서 피식 웃음이 흘러나왔다. 이것 역시 만행길에 미숙하기만한 햇스님들이 한번쯤 겪어야 할 일인 것만 같았다.

임시 총지휘자인 사집반의 반장 스님에게 인사를 드리고 우리 여섯 스님은 바랑을 짊어지고 길을 나섰다. 남아있는 일곱 명의 반 스님이 도반들의 배웅을 위해 일주문을 지나 탑전까지 따라 나왔다.

탑전에 이르자 줄곧 말없이 내 뒤를 따라오던 혜솔 스님이 내 품에 꼬옥 안기는 것이 아닌가. 혜솔 스님이 세살박이 어린애처럼 여겨졌다.
"스님, 즐겁게 잘 지내고 오시라예."
"그래, 혜솔 스님두 잘 지내고 방학 다녀와서 보자구."
"오실 때 선물 잊지 마시라예."
"그래 알았어. 기운 내. 금세 돌아올텐데 뭐."

아쉬운 작별인사를 하고 우리 일행은 산을 내려갔다. 정말 오래간만에 불영산 자락을 떠나는 순간이었다. 산을 내려가는 동안 계곡의 다리나 길가의 상점을 지나칠 때면 작년 겨울 총림사에 들어서던 때가 선명한 기억으로 되살아났다.
입산을 할 때 버스 안에서 만난 괴물 광진 스님이 영양보충을 한다며 다섯 덩어리의 햄버거를 순식간에 먹어치워 나를 놀라게 했던 일들이 바로 엊그제 같은데 어느덧 일년이 지났다는 사실이 실감나지 않았다.

총림사 시외버스정류장에 다다르자 스님들은 서로 인사를 나눈 뒤 제각각 다른 목적지로 갈 버스에 올라탔다. 짐들을 선반에 올리고 자리에 앉고나서야 비로소 긴장이 풀어지며 안도의 한숨이 새어나왔다.

문득 창 밖을 내다보니 건너편 차창에 매달려 어린아이들처럼 함박웃음을 지어보이며 연신 손을 흔들어대는 광진 스님과 진호 스님이 정겹게 눈에 들어왔다.

  스님 어디로 가시나요.
  바람이 불면 바람에 실려 날아가고
  물소리가 들리면 물결 따라 흘러가고
  마음자리 머무는 곳이 있어 그곳으로 향하나요.

  스님 언제쯤일까요.
  영글은 땅의 곡식들이 황금들판에서 춤을 추고
  산 위에도 붉게 물든 단풍으로 옷을 새로 갈아입고
  우리들은 언제쯤 저렇듯 자연으로 변해갈까요.

  스님 하루가 천일처럼 느껴지네요.
  새로운 인연들을 만나고 떠나보내고
  알 수 없는 미래가 현실로 밀려오고
  나의 기나긴 여정길, 가는 길의 끝은 어디인가요.

  홀로 가는 이 길 도반이 있어 다행이에요.
  스님.